suhrkamp taschenbuch 2575

Wohin geraten all die Begleiter, die ein Stück Lebenszeit mit uns geteilt haben und auf einmal nicht mehr da sind, oft ohne Abschied, manchmal auch, ohne daß ein klarer Bruch sich eingeprägt hätte? Bei einigen frühen Gefährten hat der Schmerz den Punkt des Nimmerwiedersehens festgehalten: als Hund und Katze vom Auto überfahren wurden, als Frederic, das Ferkel, eines Tages in Wurstsuppe verwandelt auf den Tisch kam: »Damals«, vermutet der Erzähler, »muß ich den Verstand verloren haben, denn unmittelbar darauf begann ich zu dichten.«

Lang ist die Liste der Vermißten: Schwester Maria Radigundies, die erste Liebe, Franz Sales, der Pater in Rom, oder Gianna, die Italienischlehrerin, die unbedingt zum Grab von Ulrike Meinhof hatte pilgern wollen. »Es gab Menschen, mit denen hatte ich für ein Leben gerechnet.« Und doch sind sie auf Taubenfüßen verschwunden.

Arnold Stadler ist 1954 in Meßkirch, Baden geboren. Er studierte Theologie in München und Rom, anschließend Germanistik in Freiburg und Köln. 1989 erschien *Ich war einmal* und 1992 *Feuerland*.

Arnold Stadler
Mein Hund, meine Sau, mein Leben

Roman

Mit einem Nachwort von
Martin Walser

Suhrkamp

Umschlagfoto: Stephan Erfurt

suhrkamp taschenbuch 2575
Erste Auflage 1996
© 1994 Residenz Verlag, Salzburg und Wien
Lizenzausgabe mit freundlicher Genehmigung
des Residenz Verlags, Salzburg und Wien
Suhrkamp Taschenbuch Verlag
Alle Rechte vorbehalten, insbesondere das
des öffentlichen Vortrags, der Übertragung
durch Rundfunk und Fernsehen
sowie der Übersetzung, auch einzelner Teile.
Druck: Nomos Verlagsgesellschaft, Baden-Baden
Umschlag nach Entwürfen von
Willy Fleckhaus und Rolf Staudt

5 6 – 01 00 99

Mein Hund,
meine Sau,
mein Leben

Vorbei — ein dummes Wort

Faust II

Vorrede

Das Buch sollte eigentlich *Eine schießschartengroße Ritze für das Licht* heißen. Aber mein Verleger hat mir diesen Titel schlicht verboten. Er sei zu ordinär. *Das Lumpentier, Saumensch, Sauschwanz, Meine Drecksseele* ging aus ähnlichen Gründen nicht, war zu abwertend und negativ, das verbot mir meine katholische Herkunft, sagte der Verlag. *Eine bedeutende Ferkelhändlerdynastie* und *Aufregung im Bauch der Hoferbin* erinnerte meine Lektorin eher an das Volksstückhafte. *Beim Überfliegen der Namen?* Erinnerte an Grabsteine. *Die schwarze Kuh?* Ob das mein Ernst sei? Auf *Ultraschall* hin lachte sie empört. Schließlich ist sie heute, am Weißen Sonntag, im 6. Monat schwanger. *Das Licht der Welt* sowie *Lux aeterna* war wiederum zu katholisch, während *Mein Ritt nach Sattellöse* einfach etwas Vulgäres hatte. *Eine Verbindung aus Ernst und Rosa* klang nach Rilke und war kitschig, überdies entlarvend. *Die Schwalben und die Erinnerungen* klang nach gar nichts. Meine Tante schlug etwas mit *Dahlien* oder *Sonnenwirbeln* (meinen Lieblingsblumen) vor. *Der Himmel über Schwakkenreute* erinnerte an Christa Wolf, *Kleine Schwackenreuter Passion* an ein unvollendetes Triptychon. *Von der Schwanzseite her, ...* Ich weiß nicht ... *Vorbei – ein dummes Wort* klang auch nach nichts. Immerhin von Goethe, dem Mephisto in den Mund gelegt, Ende von Faust II! wandte ich ein. *Haus, Schmerz, Grundriß* war vielleicht ein Tiefpunkt, Pfui Teufel! hieß es, Heidegger! *Bauen, Wohnen, Denken ... Mein Laufstall* und das nachgeschobene *Gitterbett* waren unmöglich. *Auf halbem Weg zur Salzsäule* ging auch nicht. *Don Quixote und ich* schien als Buchtitel zu angeberisch, eine falsche Fährte, und *Erinnerung, zweite Gegenwart* war einfach zu theoretisch. *Armes Schwein!* –

schön – gab es schon. Dies nur zur Entschuldigung, warum mein Buch schließlich *Mein Hund, meine Sau, mein Leben* heißt.

Der Verfasser

Vorgeschichte

Von der Schwackenreuter oder Schwanz-Seite her entstamme ich einer *bedeutenden* Ferkelhändlerdynastie: einer meiner Urgroßväter, genannt *Sauschwanz* (die Nachfahren leben heute noch unter diesem Namen in Schwakkenreute), war nämlich der bedeutendste Ferkelhändler um 1870, der seine Produkte bis zur Basler Ferkelmesse hinunter, die damals noch stattfand, an den Mann brachte. Er hatte das Ferkelgeschäft von ganz Seeschwaben und bis in die Schweiz hinüber und nach Vorarlberg hinein in seiner Hand ... Das soll von diesem Vorfahren genügen; und mehr weiß ich ja auch gar nicht von ihm. Über seinen Namen hinaus, und den, den er sich gemacht hat, weiß ich so gut wie nichts. Er hieß August Xaver (Schwanz) – – und sein Name, er allein, lebt über seinen Grabstein weiter. In unserem Stammbaum natürlich auch. Aber von *Ferkelhändler* steht da nichts. Das ist mündliche Überlieferung der Geschichte ...

Vielleicht stimmt das gar nicht? Aber wie soll ich das heute noch herausfinden? Es wird so viel gelogen: die Vieh-Schwanz belügen die Ferkel-Schwanz; diese wiederum jene, bis herab zu mir. Und ich weiß ja auch nicht, was hier stimmt oder nicht, nicht einmal an mir selbst, die ganze Geschichte, in Wörtern, die hier. Ein Schwanz will vor dem anderen eine gute Figur machen, er will gut dastehen. Man übertreibt, man bläht sich auf, man kommt einander mit seiner Geschichte: ein Schwanz will vornehmer sein als der andere, so ist das in ganz Schwackenreute. Der Stammbaum wird, wie wir, immer phantastischer. Schließlich, wenn keiner einschreitet, landet unsereins – über August Xaver, Conradin Kreutzer und Abraham a Sancta Clara hinaus – bei der Welt-, wenn nicht Universal-, ja Vor-Geschichte: bei der Schwanz-Saga und dem Schwanz-Mythos.

So höre ich, daß eben die Sau-Schwanz sich ein Wappen anbringen ließen: ein (angeblich) ganz altes: das Ferkel-Wappen. Ein Ferkel oder sonst ein Tier erscheint auf diesem Wappen nicht, aber eine riesige, sehr alte (wohl erfundene) Jahreszahl. Verhängnisvolles Vorbild für den Wappenkult an den nunmehr glatten Häusern mit den Satellitenschüsseln (im Stil der neuen Zeit) ist ja ein Anwesen in der Nähe des Bahnhofs von Meßkirch: dort hat sich eine Familie Wurst mit diesem Namen, einer Jahreszahl und einer Wurst verewigen lassen. Gewiß ist dieses Wappen eine Erfindung. Damit kann ich leben.

In den Monaten vor meiner Geburt erschütterte uns etwas anderes. Aufregung im Bauch der Hoferbin, in meinem Bauch. Und darauf, auf diesen Schrecken, führe ich meine Muttermale und überhaupt alles, angefangen mit dem In-die-Hose-Machen als meinem In-der-Welt-Sein (sage ich mit Heidegger) zurück ... Mit zehn war ich noch nicht stubenrein! – Die Schwackenreuter hatten uns nämlich verschwiegen, daß auf der Schwanz-Seite – – – Ich war ja der Älteste, und von da die Angst in den Monaten vor meiner Geburt, von da die Schmerzen. Erst im 6. Monat kam die Wahrheit ans Licht! Wenn ich jetzt daran denke, was aus mir hätte werden können, nein, was aus mir geworden ist, und was ich alles mit mir herumtrage, diese vielen Anlagen – – –. Die Schwackenreuter haben damals mit dieser Offenbarung eine Schwangere an den Abgrund gebracht. Einige Tage schwankte sie zwischen Selbstmord und Abtreibung. Ich wäre *deswegen* beinahe abgetrieben worden oder in einem Selbstmord aufgegangen. Das Ansinnen, wiederum von der Schwackenreuter Seite her, scheiterte. Und doch: *weggemacht* – Warum nicht? Es gäbe eine Geschichte weniger, mehr nicht.

Bei uns hatte es *so etwas* niemals gegeben, seitdem wir

unter diesem Dach lebten oder nicht lebten, unter demselben Dach, das sich Vorfahren im siebzehnten Jahrhundert über ihren Kopf hatten bauen lassen, ursprünglich ein Strohdach. Und doch: Nicht jeder hat Stroh im Kopf, der unter einem Strohdach geboren ist, sagt der heilige Abraham a Sancta Clara, einer meiner Vorfahren, aber bei uns ist es an der Stelle des Strohs die Angst. Ich hätte für *wegmachen* entschieden, wenn ich etwas zu sagen gehabt, wenn ich hätte etwas sagen können. Die gute Großmutter wandte sich an den Priester und fragte, was man *machen* könne und ob die Ehe *deswegen* vielleicht ungültig sei (das heißt wegen des Verschweigens von sogenannten Ehehindernissen, falls *dies* ein Ehehindernis war, also möglicherweise auch noch Ehehindernis, nicht nur Katastrophe ...). Umsonst. Er wußte keine andere Antwort als: *Warten und Gottvertraun!* Damit ließ er die arme Frau nach Hause gehen. Erst im 6. Monat, als ich schon beinahe laufen konnte, in meiner kleinen Weltkugel herumspazierte, schwamm in ihr, mich um die eigene Achse drehte, kleine Reisen durch meine ferne, erste Welt unternahm, kam die Schwackenreuter Seite damit an.

So etwas ist ein Verbrechen! hieß es bei uns. Den Schwanz gehört das Heiraten verboten! Man sprach von Betrug und von *Nun zu spät!* – – – Ich muß es gehört haben. *Wegmachen* wird das erste Wort sein, das ich gehört habe. Von innen heraus. Von da sind meine dunklen Erinnerungen. Da wächst nun ein Mensch und nichts anderes, von Tag zu Tag und so schnell wie nie wieder, explosionsartig vom Augenblick der *Befruchtung* an, sagen die Gelehrten. Und doch: Die Augenblicke bis zur Geburt sind nichts anderes als eine unerhörte Verlangsamung, ich weiß. Die Geschwindigkeit, mit der wir zunächst wuchsen, die Vervielfältigung unseres Lebens von unserer Befruchtung an, sie war ja im Augenblick, da wir das Licht der Welt erblickten, doch fast schon zum Stillstand gekommen. Wir wollten in den Tagen vor unserer Geburt gar nicht mehr, daß es weiterging. Im Grunde wollten wir unmittelbar vorher gar nicht mehr, aber es liegt ja nicht an uns. *Ich* konnte schon gar nichts dagegen ausrichten. Ich war nun einmal *da* und konnte nichts anderes, als die Dinge abwarten, alles, was mit mir geschah, geschehen sollte und geschehen würde und geschehen ist. Schließlich wurde ich geboren (wie du und ich), und mit diesem Augenblick (was war er schon anderes!) ist meine Vorgeschichte zu Ende.

Es muß geflüstert worden sein: *Nur dieses Kleine nicht stören! Es schläft!* Und es sah ja zum Glück nicht danach aus, als ob etwas mit mir nicht in Ordnung wäre. Das kam an einer ganz anderen Stelle zum Vorschein ... Die ersten Menschen, die mich sahen, waren überglücklich. *Glücklich* waren sie schon meiner bloßen Erscheinung wegen, daß ich schrie wie die anderen und mich – abgesehen von einem Muttermal – von unseresgleichen nicht unterschied. Sie waren überglücklich, daß sich die Angst, die durch das Schwackenreuter Bekenntnis – im 6. Monat! – ausbrach, als *umsonst* herausstellte. Man hatte nämlich mit einem Zwerg gerechnet, meine Geburt war als Ankunft eines Liliputaners befürchtet worden; und nun konnte man schon sehen, daß dies kaum der Fall sein dürfte. Man sah schon, daß ich wachsen würde wie die anderen vor und nach mir, wie du und ich ... *Wir* hatten uns allerdings schon abgefunden damit, daß der *Stammhalter* als Zwerg zur Welt käme, oder anders: daß er über seine anfängliche Größe kaum hinauswachsen würde. Zuletzt hatten wir eine Abtreibung (unter den monströsen Bedingungen der ersten Nachkriegszeit) verworfen und hatten uns schon mit dem Schicksal versöhnt. Wir waren Fatalisten. Dieses Geschenk hatte uns über die Jahrhunderte unser Glaube gegeben, der besagte, daß nichts ohne Sinn war, wäre und sein würde. Die Schwanz-Seite, die in diesen Dingen ganz anders dachte, die *hier* war, um es zu etwas zu bringen, wie sie sagten, als Ferkelhändler, Wirt, Metzger, Chirurg, Priester... hatte es geschafft, daß bis zu meinem 6. Monat zwei Onkel von mir, einer ersten und einer zweiten Grades, der eine wiederum der Onkel des anderen, zwei Liliputaner, vor uns geheimgehalten werden konnten. Da entdeckte einen von ihnen eine Schwangere durch ein Stallfenster, wie er mit einer Mistgabel hantierte, es muß monströs ausgesehen haben. Die Schwackenreuter Seite hatte bisher in jeder Generation einen – mindestens einen – Liliputaner produziert – oder auf deutsch: *gemacht,* der in den Jahrhunderten vor uns mit den damaligen Mitteln gar nicht erkannt und also *weggemacht* werden konnte. Bis in unsere Zeit mit ihren heutigen Mitteln (die man die diagnostischen nennt), blieb also gar nichts anderes übrig als zu warten und dann zu vertuschen, was in der Schwanz-Seite, *in uns* war, zu vertuschen, was wir alles mit uns herumtrugen. Doch heute, und von jetzt an werden wir auf all dies *vernünftig* reagieren, reagieren können. Wir sind gewarnt, der Ultraschall wird uns weiterhelfen.

Die Schwackenreuter mußten ihre Zwerge noch vertuschen und verstecken vor uns, sie waren streng abgeschirmt vor uns; auch später, als wir längst wußten, was – auch in uns – war, sahen wir sie kaum einmal. Sie lebten wohl in ihrer kleinen Stallkammer dahin. Sie waren ja so klein, daß sie gar nicht ganz auf der Welt waren. Bei den Schwackenreuter Sonntagnachmittagen durften sie nicht zu uns in die Stube. Wir Kinder durften nicht zu ihnen. Sie lebten außerhalb, um uns nicht zu erschrecken, wie es hieß. Hieß es überhaupt oder war es einfach so? Nachwehen, Erinnerungen. Aber ich sah sie doch gelegentlich, wenn auch nur im Stall, wie sie mit der Mistgabel hantierten, einer gewöhnlichen, etwa 1,80 Meter großen Mistgabel mit vier Zinken. Es sah gefährlich aus. Mit ihrem verlegenen Lächeln sah ich sie, mit ihrem Ich-bin-doch-dein-Onkel-Lächeln. Wir wußten nichts von diesen Menschen und hatten Angst vor ihnen. Vielleicht auch deswegen, weil man sie im Fleckviehgau, wie das Amt Meßkirch auf Landkarten hieß, gar nicht zu den richtigen Menschen zählte.

*Auf dem Weg
nach Schwackenreute*

In einer Geschichte, die keine Notiz von uns nahm, wohnten wir in unserem Haus unter dem Strohdach mit dem Schmerz als Grundriß und mit dem Satz, der von Bett zu Bett weitergegeben wurde bei uns: daß das Leben kurz sei, so kurz, wie einmal das Dorf hinauf- und hinuntergelaufen.

Dazu war es Tradition bei uns, daß, wenn einer starb, sein Bett zusammengeschlagen und verbrannt wurde. Daher kommt es, daß es kein altes Bett gibt bei uns. Nur die Stelle blieb die alte, der Ort, unsere Schlafkammer, unser Zeugungs-, Schlaf- und Sterbeplatz. Der Tod hatte hier seinen Platz im Leben. Ich könnte die Stelle zeigen ...

Der Tod war in unserer Sprache nicht formulierbar. Nur die schwierigsten Konditionalformen und Futur II in der Sprache von Vater und Mutter, der Muttersprache, die ausgestorben, ausgerottet ist wie die Indianer.

Alle, die dieses Haus verlassen haben: in den Krieg, nach Amerika, in die Fremde, auf unseren Friedhof, zum Schein – – –, jene, die wiederholt zurückkehrten, zum Schein: der eine Onkel aus Amerika, zum Beispiel, und die später vermißten Onkel vom Fronturlaub ... Alles geschah, damit es vergessen sei.

Dennoch trotzten wir all diesem und schafften uns im Verlauf von zwei Olympiaden vier neue Sitzgarnituren an. Die dürftigen Angebote vom einzigen Polstergeschäft vor Ort kamen mit dem Bestellkatalog ins Haus. Immer wieder wurde eine neue Garnitur ausgesucht. Unser Raumausstatter, der nur einen Vornamen hatte *(Jetzt kommt der Fritz!)*, zeigte seine Sachen im Katalog, die Garnituren; und eine davon bestellten wir. Nur die Farbe konnten wir uns *ausdenken*. Sie wurde vom Fritz *vorgelesen*. Und wenn sie dann ins Haus kam, gab es Geschrei und Tränen, bis zu Selbstmorddrohungen hin. Die Bilder waren ja schwarz und weiß. *Aber diese Farbe wollte ich nicht!*

Die Sitzgarnituren hatten gar nichts mit dem dumpfen Verschönerungsdrang zu tun, der im Lauf meiner Jahre alles zerstörte, was mir schön schien an diesem Dorf, in dem ich stehen und gehen lernte, und auch nichts mit Verschwendung, sondern waren ein vielleicht hilfloser Versuch, allem zu entkommen, eine Art Beschäftigungstherapie aus Schmerz über Kürze und Verlauf dieses Lebens hier. Eine vielleicht unstillbare Sehnsucht, sich auszuruhn. Ein Verlangen nach einem Ort zum Ausruhn – und trotz allem zu bleiben.

Man muß die Sitzgarnituren philosophisch sehen ...

Und was war mit den sonntäglichen Fahrten nach Schwackenreute?

In Schwackenreute lebten die Großeltern und ihr Sohn Fritz, der infolge einer leichten geistigen Behinderung erst über eine Brautschau im Schwarzwald zu seiner Frau kam. Er war damals schon neununddreißig und zählte zu den Altledigen. Vom hintersten Schwarzwald (aus der Gegend von St. Blasien) wurde ihm seine Gemahlin *zugewiesen* und von entsprechenden Verwandten *geliefert*. Eines Tages wurde sie angefahren. Er nahm sie wortlos *in Empfang* oder *in Kauf*. Wir fürchteten diesen Onkel, der uns mit demselben Stecken traktierte, mit dem er auch die Kühe vom Feld holte, bis die Schwackenreuter Seite einschritt und Fritz mit einer Ohrfeige den Stecken abnahm. Das war die Schwackenreuter Begrüßung.

Aber vorher schon war es dunkel um uns, die ganze Fahrt über und auch schon zu Hause. Da flüchtete ich immer wieder vor dem Geschrei im Herrgottswinkel und vor dem immer wieder alles zerbrechenden Küchengeschirr.

Auf der Fahrt nach Schwackenreute sangen wir dann schon wieder *Wir wollen niemals auseinandergehn,* eine erste Melodie, die mit meinem Kindsein zusammenfiel. Kaum hatten wir unser Lied angestimmt, hieß es vorne im Wagen, wir sollten das Maul halten. Immer wieder ging während der Fahrt die Tür auf. Wir hörten Drohungen, da vorne wollte jemand aussteigen für immer. Und auch zu Hause: immer wieder halbe Nächte im Obstgarten, mögliche letzte Sätze gegen den Nachthimmel ausdenkend, mit einem doppelt gesicherten Strick ... Das war eine Ehe auf dem Land, der Welt, in die man uns hineingesetzt hatte. Selige Kindheit!

Da waren wieder Drohbriefe aus Schwackenreute gekommen. Eine Heiratskandidatin war es wohl, die von der Schwackenreuter Seite fallengelassen wurde und die nun immer noch ihre kleinen Briefe in unser Haus schickte, auf denen nur *Lumpentier* stand oder auch andere Wörter, die mir weniger klar waren. Zuweilen waren es auch Drohungen, das Haus anzuzünden, das Vieh zu verhexen – oder eines von uns Kindern. Mit diesen Briefen mußten wir auch noch leben. Aber schon bevor wir waren, kamen Drohbriefe. Auch aus Schwackenreute, verfaßt von unserer späteren Großmutter. Sie war zu Fuß nach Stockach gelaufen und hatte ihre Drohungen einem aus unserem Dorf überreicht, der in der dortigen Munitionsfabrik arbeitete und das Schreiben der Schwackenreuter Seite mit dem Motorrad zu uns brachte. Was in diesen Drohbriefen stand? Es waren wohl Warnungen, vor den Folgen, falls die Hochzeit abgeblasen würde. Aber wenige Jahre danach fuhr ein überfüllter Minitransporter jeden Sonntag nach Schwackenreute mit Insassen, die *Wir wollen niemals auseinandergehn* sangen oder einander drohten, auszusteigen, in den Wald zu gehen (Kindern gesagt), und auch, ganz deutlich zu verstehen: gegen den Baum zu fahren oder in die Kiesgrube *(dann wär's auf einmal still).* Die eine Seite ermunterte die andere, doch das zu tun, was über Wörter nie hinauskam. Nach dem Streitfall gab es auch den Friedensfall. Zur Besänftigung wurden Sofakissen und andere Dinge, die angeblich zu den Garnituren, die in unseren Räumen herumstanden, paßten, gekauft. Neue Tapeten, neue Vorhänge, neue Teppiche. Es kamen ununterbrochen Handwerker ins Haus, die etwas machten oder brachten, die Rechnungen, die neuen Melkmaschinen und die neuesten Mengele-Landmaschinenartikel. Denn die *Mühsal des Landmannes* verjüngte sich auch von Jahr zu Jahr. Es kamen neue Kühe, die schwarzen aus dem ostfriesischen Leer, die das berühmte braunscheckige Meßkircher Höhenfleckvieh zu verdrängen drohten, das mittlerweile tatsächlich, wie unsere Muttersprache, ausgestorben ist.

Was ich am Ende entdeckte, war die Eintragung einer Grundschuld in Millionenhöhe, das heißt, ich entdeckte nur die Quittung über die Begleichung entsprechender Notariatskosten, einen kleinen Zettel, der in einer der Küchenschubladen herumlag. Doch wir hatten auch eine Tante, die zum Glück gerade gestorben war. Von ihr erbten wir ein Haus in Überlingen und Grundstücke mit Seesicht, die wir alle günstig verkauft haben. Die Tante und ihr Tod haben uns bis auf weiteres das Leben gerettet.

Und dann wurde vom Geld, das übrigblieb, auch noch eine sogenannte *Durchreiche* eingebaut! Die haben wir sogar einige Male benutzt, aber dann stellte sich heraus, daß es einfacher war, das Geschirr wie in alten Zeiten vom Stubentisch weg in die Küche zu tragen, unter dem Gezänk und Geschrei von uns Kindern. Wir hätten nicht auf die Schwackenreuterin hören dürfen! Die Drohungen hätten wir auf den Misthaufen werfen sollen!

Dafür war es nun zu spät, empfand ich, ein Ergebnis aus Schwackenreute, schon damals, als ich derlei Sätze hörte. Jene Person, die ihre Drohbriefe (Erster Klasse) in der Munitionsfabrik zu Stockach übergab, war ja auch nur ein kleines Unglück in der Geschichte, sie war ja auch nur das Ergebnis einer unglücklichen Verbindung aus Ernst und Rosa. Aber das haben wir nun davon, daß wir uns auf Schwackenreute eingelassen haben! hieß es bei uns. Umsonst der Satz, die Warnung, nie nach Schwackenreute zu gehen: *Geh nie nach Schwackenreute!* hieß eine unserer Redensarten. *Gang nia ge Schwogreidte!* Damit war die Summe aller Warnungen angezeigt, die in unserer Sprache damals möglich waren.

Der fatale Ort lag hinter dem Wald, immer *von uns aus* gesehen. Die Drohbriefe waren eine ständige Bedrohung unserer Kindheit, so wie die Atombombe, unter der wir uns auch nichts vorstellen konnten. Oder soll sich ein Kind vorstellen können, wie alles aus ist? Dieser Streit um den Grund unseres Streites: ich selbst wurde als Ergebnis daraus vorgeführt. *Er macht immer noch in die Hose,* derart in den Streit um den Streit eingebaut, *und will schon schreiben und lesen!* Ich selbst mußte mich als Verbindung aus heiler Welt und Schwackenreute verstehen. Für beide Seiten des Unglücks mußte ich, konnte ich herhalten. Ich war ein Beweisstück, ein Lebenszeichen von Unglück.

Heute, wo ich hier, anderswo, an einem Schreibtisch! sitze, kann ich mir ja vorstellen, daß die 2. Klasse der Drohbriefe (der verschmähten Liebhaberin) wie auch die 1. Klasse derselben eine für heute ganz lächerliche Botschaft enthielt. Das Gerücht vielleicht, daß ich *noch einen* unehelichen Halbbruder hätte, für den die Familie *Hosenladen-* beziehungsweise *Sackgeld* bezahlen mußte. Oder: daß ich, der Erstgeborene, der Stammhalter, ein halbes Jahr vor der Hochzeit gezeugt, hätte abgetrieben werden sollen ... Ein vergleichsweise harmloser Inhalt. Während die 1. Klasse der Drohbriefe mit der Hochzeit in der Kirche zu Schwackenreute abgeschlossen war, kamen die Schreiben der von der Schwackenreuter Seite übergangenen Liebhaberin noch auf Jahre hinaus. Die Schwackenreuter Großmutter hatte ja ihren Liebling, ihr ganzes Kapital, der Wunschkandidatin mit dem Hof in steinfreier Landschaft zugeschlagen. Das war schon eine weise Entscheidung unter dem Gesichtspunkt der Steine auf den Schwackenreuter Äckern. Es waren ja die Steine, die einem Schwackenreuter den Sommer, das Leben verdarben.

Unsere Sonntagnachmittage mußten wir in Schwackenreute verbringen. Es fuhr die unglückliche Verbindung mitsamt ihren Früchten an den Ursprungsort ihres Unglücks zurück. Und das nur, weil diese Großmutter ihre Kandidatin (gegen den Wunsch ihres Sohnes und seiner eigenen Kandidatin) durchgesetzt hatte und so zum Ermöglichungsgrund meiner selbst ... wurde. Das ist nichts anderes als ein heute unverständlicher Definitionsversuch aus der scholastischen Philosophie. Meine achtundeinhalb Geschwister! Wir haben ja noch einen Bruder, mit dem man nicht sprechen kann, auf halber Höhe lebend ... Er lebt in einer Kammer für sich, ein Fall von Inzucht und *schlechtem Blut* von Schwackenreute her, heißt es.

Seitdem nach dem Dreißigjährigen Krieg eine Kolonie von Tirolern hier angesiedelt (ausgesetzt?) worden war (eine Umsiedlung), gab es keinen einzigen Menschen, der von sich aus nach Schwackenreute gekommen wäre; nur ein paar Flüchtlinge fanden nach dem Zweiten Weltkrieg den Weg oder verirrten sich hierher und flüchteten bald wieder. Alles, was *vor* dem Dreißigjährigen Krieg (was haben diese Dinge für kleine, harmlose Namen!) war, wurde von den Schweden verbrannt oder gefressen. Die Tiroler waren von den Habsburgern in ein nun menschenleeres Gebiet – darf man sagen?: deportiert worden. Wie auch immer: es geschah mit Gewalt: kein Mensch wurde gefragt, man sagte niemand, wohin es ging, schließlich ging es nach Schwackenreute ... Einmal angekommen, gab es kein Zurück. Ich denke mir, daß einige aus Heimweh starben, an einer schnellen Krankheit – der widerborstige Teil aber, von dem wir alle sind, überlebte.

Alle stammten aus Schwaz. Infolge eines Lese- oder Schreibfehlers wurden aber die Schwazer zu *Schwänzen*. Eigentlich hießen alle *von Schwaz*. Und zu dieser Version will sich ein Teil der Verwandtschaft nun flüchten. Umsonst. Das Grundbuchamt beharrt darauf, daß der richtige Name der Schwackenreuter oder Schwanz-Seite eben *Schwanz* ist. Die Schwanz haben sich bunt gemischt, aber halt nur untereinander; und so kam es, daß fast alle meine Vorfahren von der Schwackenreuter Seite *Schwanz* heißen. Ein schweres Erbe. Mit sieben machte ich noch in die Hose. Gleichzeitig, oder genauer: im selben Jahr äußerte ich den Wunsch, Papst zu werden. Was für eine Enttäuschung für meine unmittelbaren Vorfahren von der richtigen Seite, daß ich auf die Frage, was ich denn werden wolle, nicht mit *Bauer* antwortete. (Wie viel Bauernstolz lag darin!) Was für eine gebrochene Welt, dieses Schwackenreute, und was für eine gebrochene Sprache! Man konnte mir gerade sagen, ich solle einen Krug Most aus dem ersten, zweiten oder schon dritten Mostfaß aus dem Keller holen. Da standen zehn Mostfässer. Und alle wurden im Verlauf eines unendlich scheinenden langen Jahres geleert. Das Jahr begann ja bei uns eigentlich nicht am 1. Januar, sondern mit dem Anstich des ersten Mostfasses, um Martini herum. Und erst die Fässer in Schwackenreute! In den Keller kam ich zwar nie. Vielleicht schämten sie sich doch wegen der Fässer. Wir sollten nicht sehen, wie viele Fässer da im Keller herumstanden. Aber wir sahen ja das knallrote Gesicht des Onkels, es kam vom Most. Immer hatte er einen Mostkrug bei sich, so wie andere ihre Schachtel Zigaretten. Er hatte schon sein Mostgesicht. Und so hieß es auch im Dorf: der Moschdle. Mit dem Most war es überall so bei uns, nicht nur in Schwackenreute. Zwei unserer Nachbarn starben sogar *am Most*, unserer Krankheit. Der Most ist bei uns Wärmematerial. Den Most muß man sich bei allem dazudenken, sowie die Schwermut, auf Grund der Kälte vom Licht der Welt an.

Jedes Jahr wurden es mehr, die nach Schwackenreute fuhren. Wir fuhren immer schon nach Schwackenreute ..., ich weiß, aber die Erinnerung daran ist ein Nachzügler, so wie unser jüngster Bruder: er kam noch, als schon fast alles vorbei war. Nachwehen, Erinnerungen: sie setzen ein auf der Höhe der Schwackenreuter Kiesgrube. Da hinein wollte der Fahrer mit uns. Diese Kiesgrube war nichts anderes als ein mit Wasser gefülltes Sonntagsloch, eine von Maschinen gesäumte Leere mit Wasser in der Mitte. So schien es dem Kind. Gleich nach dem Mittagessen, das am Sonntag schon um halb elf von der Nudelsuppe an auf dem Lebensplan stand, waren wir losgefahren. Obwohl ich mit keinem jemals über diese Fahrten gesprochen habe, weiß ich, daß keiner von uns freiwillig nach Schwackenreute fuhr. Schon meine kleinsten Geschwister nicht, auch wenn es für ein Kind schön war, zu fahren. Schon die Kleinsten, die noch gar nicht ganz auf der Welt waren, wollten nicht nach Schwackenreute. Ich sah ihnen den Unmut an, nein, die Schwermut, kaum daß das Fahrzeug in den Wald hineingefahren war: wir waren wieder auf dem Weg nach Schwackenreute. Dazu die schwarzen Tannen, der schwarze Himmel, die schwarze Kiesgrube. Ich, auch sie wissen nur, daß bei uns alles schwarz war. Unsere Heimat war immer schwarz, auch im Sommer, wenn es blühte. Auch die Erwachsenen waren so. Doch sie wissen sich zu helfen, können es wenigstens versuchen, sie haben den Most, der Himbeergeist tröstet sie. Auch können sie ihr Leben verfluchen und ihm ein Ende machen. Was aber tut ein Kind, was fängt es mit seiner Schwermut an, wenn es noch nicht einmal *Mutter* sagen kann?

Es war ein ganz abgelegener Weg, der nach Schwackenreute führte. Es waren Feldwege, Nebenwege, eine fürchterliche Abkürzung durch den Wald an der Kiesgrube vorbei. Je näher das Fahrzeug seinem Ziel kam, desto schneller wurde es. Es hat sich, zusammen mit dem Ziel, in Luft und Erinnerung aufgelöst. Wir haben noch Bilder in unserem Album, auch von uns, denn alles wurde noch festgehalten, als ob es (wir) nicht genug gewesen wäre(n), als ob es etwas gewesen, als ob es der Erinnerung wert gewesen wäre. Wir haben uns in Erinnerung aufgelöst. Unsere Photographien sind Anhaltspunkte unseres Vergessens. Es ist ja nur noch ein Rest von uns da.

Obwohl wir so früh aufgebrochen und die letzten Kilometer gerast waren (ein Wunder, daß es bis zuletzt ohne Unfall ging), kamen wir für die Schwackenreuter immer zu spät an. Sie standen schon grollend im Hof und murrten. Der Mostonkel schaute verdrießlich durchs Stalltürchen. Wir waren ihm ja nur lästig.

Nachdem wir unsere Plätze zugewiesen bekommen hatten, schlug die Stimmung um. Es wurde unvermittelt heiter. Schwackenreute hatte auch seine hellen Augenblicke. Aber selbst da herrschte Hochspannung. Es mußte sich nur *eine* Erinnerung an unseren Aufenthalt auf Erden in Schwackenreute einschleichen, dann schwoll der Raum an, füllte sich mit Schwackenreuter Lauten, vermischt mit denen des leicht behinderten Mostonkels. *Unsere* Sprache unterschied sich ja nur geringfügig vom Schwackenreuterischen. Beide Sprachen neigten zu einer Stammtischlautstärke. Wir waren immer zu laut oder gar nicht. Früher wohnten wir weit auseinander. Wir kamen gar nicht anders zusammen als durch Schreien und Rufen. Manchmal lag ein unüberwindlicher Wasserlauf oder ein Wäldchen zwischen unseren Einödhöfen. Wir mußten alles überschreien. Schwimmen, aufeinanderzuschwimmen konnten wir nicht, und es gab auch keine Brücken, so schrien wir uns das Wichtigste zu. – – – Damit erkläre ich mir unser Schreien. Oder auch: Unser erstes Wort muß ein Schrei gewesen sein, meine zweite Vermutung. Oder war es doch nur die Arbeit auf dem Feld, wo wir uns oft über Hunderte von Metern die Einzelheiten zuschreien mußten? Das wäre eine eher praktische Erklärung ... *Dies alles* wird wohl meine Muttersprache geprägt haben. Vielleicht gibt es auch noch eine unterirdische Verbindung mit dem Arabischen, wer weiß. Ich sehe: es gibt für alles Erklärungen, doppelt und dreifach. Aber der Grund der Gründe für unsere lauten Stimmen in der Schwackenreuter Sonntagsstube lag wohl in unserer Sprachlosigkeit. Denn meist schwiegen wir, mußten wir schweigen und konnten gar nichts sagen. So gab und gibt es kein Wort für *Liebe*. Wir mußten uns mit diesem Fremdwort behelfen. Kein Wort für *Liebe* in meiner Sprache, nur Hilfswörter gab es, die in die Irre führten. Wenn wir etwas sagen wollten, flüchteten wir uns in eine unserer Fremdsprachen und sagten: *Liebe*, oder *Glaube* oder auch nur *Hoffnung*.

Hatten wir einmal zu sprechen begonnen, mußten wir alles sogleich hinausschreien. Hörte einer uns von draußen, hielt er uns für streitbar und grob unseres Geschreis wegen. Wir Kinder wurden in diese Welt sogleich eingeübt und mußten mitschreien.

Die Erwachsenen stritten sich, einfach wegen *Schwakkenreute*. Sie wußten, daß sie aus *Schwackenreute* bestanden. Sie erkannten ihr Elend. Sie wußten, daß sie am Ende der Welt angesiedelt (worden) waren, bis zum Ende ihrer Tage sollten sie da bleiben. Diese Stube und sie selbst waren die Beweisstücke. Dazu erinnern wir Kinder von einst den Rauch, der in dieser Stube lag. Es rauchte zwar nur der Mostonkel, Stumpen hieß, was er rauchte, und wir haben noch das Wunschkonzert von Radio Vorarlberg im Ohr, das uns nichts brachte als gute Wünsche für Onkel und Tanten, Unbekannte, Fremde, Menschen und Tiroler im Einzugsbereich dieses sonntäglichen Konzerts – Jubilare, die wohl lange tot sind. Und wir sehen noch den gestickten Wandschmuck, gestickt von der letzten Stallmagd, und alles, was von ihr übrigblieb: ISS UND TRINK SOLANGS DIR SCHMEKT SCHON ZWEIMAL IST DAS GELD VERREGGD. Waren wir in der Hölle?

Es gibt bei uns keine Kultur der Freundschaft! sagte Lucy immer. Freundschaft gibt es nicht bei uns im Fleckviehgau. Es gibt nur die trostlose Ehe mit all ihren Folgen, mit all ihrem Gepränge! sagte sie. Es gibt mittlerweile schwarze Kühe, aber Freundschaft gibt es immer noch nicht! erklärte sie. Sie war ja längst in eine richtige Stadt gezogen.

Unsere Erwachsenen schaukelten sich in ihre Streitfälle hinein, um die Sonntagnachmittage zu überstehen. Weltanschauungsfragen standen im Raum, schwarze Kühe. Die schwarze Kuh. Denn der Umstand, daß in unserem Stall jetzt schwarze Kühe standen, die aus Leer in Ostfriesland angeliefert und am Bahnhof von Mindersdorf ausgeladen worden waren, galt der Schwackenreuter Seite als Verrat am berühmten braunen Meßkircher Höhenfleckvieh, als Abfall vom richtigen Glauben. Es wurde um die Farbe der Kühe gestritten, das Wunschkonzert und der Rauch setzten uns außerdem zu. Heidegger, unser Viehhändler, war auch gegen die schwarze Kuh; er weigerte sich, den Transport zu übernehmen, so mußten wir einen fremden Viehhändler bestellen, der uns unsere Neuerwerbungen lieferte. Der Mostonkel schrie in den Raum hinein, daß es sich nur bei der (braunen) Meßkircher Höhenfleckkuh um eine richtige Kuh handelte – – – und wir Kinder wurden in diesen Streit hineingezogen. Ein Entrinnen gab es nicht. Er fuchtelte mit der TIERMARKTSEITE des SÜDKURIER und verwies auf einheimisches Vieh, das da angeboten wurde. Immer wieder las er, und anschließend schrie er hinaus, was er gelesen hatte (mit einer kleinen Verschiebung, die durch den Most bedingt war): *Do-do-do* – – – – *Kalbin nahe am Ziel!* in das Sprachgestöber hinein, das Wunschkonzert von Radio Vorarlberg (von zwei bis vier) und alles übertö-

23

nend. Onkel Fritz! Wir sollten Onkel sagen, dabei hätten wir *Arschloch* sagen müssen, ein Wort, das es damals noch nicht gab, Arschloch, ein später eingeführtes Fremdwort. Wir hatten gar nichts von diesem Onkel. Wenn er nicht wegen der Farbe der Kühe stritt und Anzeigen aus den Tiermarktseiten des SÜDKURIER vorlas, lag er auf dem Sofa und schlief. Wir neuneinhalb Kinder haben niemals ein Geschenk von diesem Onkel bekommen; früh merkten wir, daß wir nichts von diesem Onkel hatten. Seine Mutter kaufte zu allen kleinen Festen großartige Geschenke und gab vor, diese Dinge kämen vom Onkel. Dann mußten wir uns am Sonntagnachmittag bei ihm bedanken, der mit keinem Wort reagierte. Andererseits bekam er jeden Sonntag seine Zigarren von einem von uns Kindern überreicht, die er, ebenfalls wortlos, in Empfang nahm. Die Villiger-Stumpen waren schon am Samstag in Meßkirch im Fleckviehgau geholt worden. Wehe, wenn die Zigarren nicht kamen! Ich weiß nicht – – – es ist ja tatsächlich nie vorgekommen. Mit seiner Schwägerin stritt er sich über Erziehungsfragen, wir waren nicht *gezogen*, nicht erzogen waren wir. In dieser Feindschaft (und im Most) erschöpfte sich seine Existenz. *Die schwarze Kuh* – – – von Norden eingedrungen, drohte seine Heimat, ja seine Existenz zu zerstören. Diese ausländische Erscheinung (aus Norddeutschland) sollte sein heimisches Gras nicht fressen. Und so dachte ganz Schwackenreute. Sie hatten sich gegen diesen heimlichen Krieg, der von Norden her über die schwarze Kuh geführt wurde, in einer Art Heimatwehr verschworen, der ganze Schwanzclan, selbst der Philosoph mischte sich von seiner Hütte her in den Streit ein, er war nach meinem Onkel einer der erbittertsten Feinde der schwarzen Kuh und versuchte ein philosophisches Machtwort zu sprechen, umsonst. Nicht umsonst heißt diese Gegend, da sie sonst namenlos bliebe: Fleckviehgau, in Abgrenzung zu Hegau und Linzgau. – – Nur die Mutter des Mostonkels hielt sich im Kuhfarbenstreit zurück. Sie war eine praktische Person, Viehhändlertochter aus einer alten Viehhändlerdynastie, gewiß auch aus Schwackenreute, und zur Unterscheidung von den anderen *Viehhändler-Schwanz* genannt, in Unterscheidung zu den Oberdorf-, den Unterdorf-, den vorderen, den hinteren, den Waldhüter-, Stiftungsrat- etc. Schwanz. Erst seit '45 hatten sich ja fremde Namen unter den altehrwürdigen Schwanz eingeschoben. Eine hieß Schmigotzki, die wohnte im Bahnhof, die kam von weiß-nicht-wo. Sie nannte sich Schwanz-Schmigotzki und war somit die erste Trägerin eines Doppelnamens.

Wir Kinder saßen auf halber Höhe, sprachlos vor unserem Traubensaft und mit der schwarzen Kuh und den Schweinepreisen im Ohr, den neuesten Zahlen aus Stuttgart; und daß der Heidegger nur *achd under Schdueged* zahlt.

Schwackenreute: jemand warf die Frage ein, ob er immer noch in die Hose mache. Es ging um mich. Über meinen Kopf hinweg sagten sie *er* und meinten mich. Ein Gesundbeter wurde genannt, der auch für die Ferkel und den ganzen Stall zuständig war. Von einer Sofadecke war die Rede, die weggeworfen werden mußte. Es gab noch mehr Unglück, die Nachbarn, die Selbstmörder, die altledige Cousine, und was aus ihrem Erbe werden sollte. Sie war schon fünfundvierzig. Man beschloß, daß wir Kinder von nun an *Tante* sagen müßten zu ihr. An die Beerdigung des Oberhaupts der Schwackenreuter Seite mag ich gleich gar nicht denken ... Der Mostonkel kam mit offenem Hosenladen in die Totenmesse. Seine Frau, die *Schwarzwälderin*, lag zu Hause im Bett, wohl besoffen. Das war das Ende der Schwackenreuter Sonntagnachmittage. Wir Kinder waren nun auch schon längst allem entwachsen. Schwackenreute, der Mostonkel, die Schwarzwälderin, alle leben noch und sind für immer weg vom Fenster.

Der Satz: *Ich soll tot umfallen!* und seine Zuspitzung:

Der Herrgott strafe mich! war der Satz, mit dem Schwackenreuter Lügen eingeleitet zu werden pflegten. Die Schwiegertochter trank, ging seit der Hochzeit nicht mehr aus dem Haus und lag seither nur noch im (Hochzeits-) Bett herum. Sie *fremdete,* das heißt: sie hatte Angst vor den Menschen. Sie ging nur in den Stall und bis zum Stalltürchen in die Welt. Einmal kam der Krankenwagen und brachte sie auf die Reichenau (Landesnervenheilanstalt). Ich war zu dieser Zeit gerade (zur Strafe) ein paar Tage in Schwackenreute, Ferien sollten es sein. Ich stand mit den Nachbarinnen im Hof. Sie fragten nach der Schwiegertochter. Ich wurde von diesen übelsinnenden Weibern zum Zeugen aufgerufen. Und auch von der Schwiegermutter. Das Kind, ich sollte durch eine Lüge die Schwackenreuter Welt retten. Ich sollte nur mit dem Kopf nicken, *ja* anstelle der Wahrheit sagen, als die Schwackenreuter Großmutter erklärte, die Schwarzwälderin sei *nicht* auf der Reichenau, sie liege den ganzen Tag im Bett wie immer. *Ich soll tot umfallen, wenn das nicht stimmt!* erklärte sie und blieb mitten unter uns stehen. So ist Schwackenreute auch noch mit meiner ersten Lüge (die ich erinnere), meiner ersten Lüge, die in einem einfachen Kopfnicken bestand, verbunden. Unter diesen Umständen war es weiter nichts, wenn ich dazu auch noch in die Hose machte. Ich verstand das schon bald als Zeichen der Erwählung: alles hat seinen Sinn, sagte ich mir. Dieser Satz, den ich von einem Idioten aufgeschnappt haben mußte wie anderen höheren Unsinn, half mir. Ich beichtete, daß ich seit meiner letzten Beichte (vor zwei Wochen) fünfmal in die Hose gemacht hatte. Ich bekam eine entsprechende Buße aufgetragen. Außerdem flüsterte der Beichtvater durch das Sündengitterchen, ich solle das Ganze als *Kreuz* verstehen und auf mich nehmen. Die Flucht zum Kreuz half mir wirklich. So konnte ich meine Schwäche auch noch mit dem Opfergedanken verbinden; und das tat ich auch. Ich sagte: Das ist mein Opfer für die Sünden der Welt! – – – wenn mir auch nicht ganz klar war, was das eine mit dem anderen im Grunde zu tun hatte. Es war eben ein Geheimnis, und von Geheimnissen lebte ich. Dann gab es eine Zeit, da ich die Geheimnisse an den Nagel hängte.

An den Schultagen, die man sich dazwischen denken muß, und in den Pausen zwischen den Stunden zählte ich die Treppenstufen bis zur Klotür hinunter; und wenn am Ende die Zahl, die übrigblieb, ungerade war, bedeutete es dies und das, und war sie gerade: jenes. *Eine Zwangsneurose! Eine Psychose!* sagte mir später einer jener grobschlächtigen Medizin-Psychologen, die die Kranken im Monopol an sich gerissen haben, zum Ausschlachten. Auch meinen Beichtvater haben sie verdrängt.

Eine Kindheit auf dem Land: sonntags nach Schwackenreute, werktags in den Pausen zwischen den Stunden die Treppenstufen bis hinab zur Klotür zählend, mehr nicht. Das war's.

So war es überall auf dem Land, nicht nur bei mir. Die Menschen gingen krank, magersüchtig oder fettleibig, inzüchtig oder schwindsüchtig durchs Leben und litten an ihrem *falligen Weh*. Ich hatte Mitleid mit ihnen, weiß Gott. Aber im Gegensatz zu mir sagte unser Philosoph, der sein ganzes Leben in verschiedenen Kleinstädten verbrachte (wie andere in verschiedenen Gefängnissen), der ja nie auf dem Land lebte, immer nur zu Besuch kam, sagte er, wir seien noch gesund, ja die gesündesten überhaupt, angefangen mit der Sprache! Unsere Muttersprache! War sie nicht schon so schwach, daß sie bald nach der ersten Begegnung mit dem Fernsehen und seinem hochdeutschen Gepränge in sich zusammenfiel und ausgestorben ist wie die Indianer? Sie, wir, ich: wir waren krank, selbst unsere Tiere, unser Gras und Getreide: krank. Unsere Lebewesen, unsere Schweine, neigten zum Herzinfarkt aus Angst, den

Transport ins Schlachthaus nicht zu überstehen, die Hühner saßen mit ihren Depressionen in ihren Käfigen und sollten auch noch Eier legen, bis zum Tag, da sie zum Suppenhuhn verarbeitet wurden. Ich war krank. Wie oft mußte die Krankenschwester ins Haus kommen! Schon mit drei die erste Mittelohrentzündung. Es folgten Keuchhusten, *Malle* und andere Krankheiten, die es nur bei uns gibt – oder gab – und die ich vergessen habe. Wie viele (Krankheiten wie Menschen!) habe ich schon überlebt! – – – Ich wollte nur sagen, daß wir alle krank waren und sind.

Je mehr wir wurden, desto weniger war ich. Im Grunde war ich von Anfang nur Masse, Kindermasse, genannt *die War*. Das Wort kam nicht von der deutschen Ware, sondern reichte ins Vordeutsche und meinte *die Getragenen* (vgl.: to bear), die also glücklich Geborenen. Das Wort hatte sich praktisch nur in Schwackenreute, hinter dem Wald gehalten. Jetzt aber, da wir es nicht mehr verstanden, wurde es aus dem Verkehr gezogen, so wie *die Weiber* und andere alte Wörter. Dafür sollten wir nun wieder *die Mädels* sagen, ein nationalsozialistisches Wort, das sich über das Fernsehen abermals in die offizielle Sprache eingeschlichen hatte. Eines Tages kam einer von der Stadt zurück und sagte: *Ich war*. Und damit war auch noch eine falsche, oberflächliche Vergangenheit eingeführt bei uns. Bisher hatte diese Richtung *xai* geheißen, mochte es auch chinesisch klingen, *xai* – etwa: ge-sein, und bedeutete nichts anderes als alles, was durch die Erinnerung nicht ganz verloren ist: i-bi-xai – *ich bin gewesen*.

Nach soviel Theorie muß ich einen Krug Most aus dem Keller holen (3. Faß – Februar). Heidegger, unser Viehhändler, ist gekommen. Er bringt das Geld für das Stück Vieh, das er nach Gaggenau gefahren hat. Das mit *war* (Kinder) und *war* (nicht mehr) kümmert ihn nicht. Seinen Vetter wohl auch nicht. Ich glaube, der kennt unser altes

Wort nicht einmal. Ich glaube, der kennt uns gar nicht, denke ich (etwa 17). Der kam eben doch nur zu Besuch. Der weiß nichts von unseren Krankheiten, unserem langsamen Aussterben von da. Genau wie die Indianer sterben auch wir aus. Und an einer ganz ähnlichen Krankheit. Nur Reservate gibt es nicht für uns. Der hat ja niemals bei uns eine Nacht verbracht, die Nacht verbracht. Denn Gästezimmer gab es noch nicht bei uns. Auch dies ein Fremdwort, sowohl *Gast* wie auch *Zimmer*.

Heidegger mußte seinem philosophischen Vetter auf kleine Zettel unsere ältesten Wörter schreiben. Unser Viehhändler war aber bequem, ohne Interesse an Wörtern (sein Schweigen hatte der Philosoph wohl falsch ausgelegt, wie auch unser Leben). Und auch die anderen, die im Herrgottswinkel, die in unseren Herrgottswinkeln ausgelauscht wurden, ob sie noch ein ganz altes Wort sagten: je älter, desto ehrwürdiger, je unverständlicher, desto wertvoller. Besonders heilig waren ihm unsere letzten zwei noch lebenden Stallmägde, die Kuhmagd und die Heumagd. Von ihnen erhoffte sich der Philosoph das rettende Wort, für die ganze Welt, glaube ich. Von Freiburg her wurde unser armer Viehhändler immer wieder gedrängt, alte Wörter zu liefern. Helfershelfer wurden eingeschaltet, die die alten Dinge kannten und wußten, wer sie sonst noch kannte. Heidegger hatte besonders den Landmann und die Landfrau ausgewählt, Menschen, die noch von Hand melken konnten, oder Menschen kannten, die noch von Hand melken konnten. Oder auch mit der Sense umzugehen verstanden, das Mostfaß bedienen konnten und Dinge tun, die es bei uns noch gab und nur noch bei uns.

Der Viehhändler mußte all dies regelmäßig in Freiburg abliefern und bekam dafür einen signierten Sonderdruck etc. In einen hatte er geschrieben: *Die Sprache ist als Muttersprache nicht nur die Sprache der Mutter. Sie ist als die Sprache der Mutter auch die Mutter der Sprache. Meinem lieben Vetter andenkend-grüßend.* Doch der hatte nichts davon und reichte den Gruß an mich weiter. Der Viehhändler war Sammelstelle für alles, was es nur noch bei uns gab und was noch heil war, wie der Philosoph anscheinend und fest glaubte: das Ur-Alte, Heile-Welt-Wörter, das Habermus. Unsere Schweine und unsere alten Wörter wurden alle in die Städte verfrachtet. Gesammelt wurde bei uns, gewogen und ausgeschlachtet wurde in Gaggenau oder in Freiburg.

Ach, so sehr wir nicht sprechen konnten, so sehr zog es. Unsere Schmerzen verschlugen uns die Sprache. Unsere Sprache bestand nur aus Pausen und Unaussprechlichem, aus Schmerzlauten – oder gleich aus Schreien.

In unserer Sprache, die wir auswendig gelernt und bis zum heutigen Tag nicht verstanden haben, sagten wir bald unsere kleinen Sätze von Hunger und Durst, Wollen und Nicht-Wollen, von Schlaf und Schlaflosigkeit. Es hieß Wort und Sprache, was wir nachplapperten, von wem-weiß-ich-nicht erfunden, denn meine Mutter hat die Wörter, die sie mir in den Mund legte, auch nur in den Mund gelegt bekommen.

Von wegen Muttersprache. Meine erste Sprache, die Sprache der Mutter, war ja meine erste Fremdsprache. Muttersprache und Fremdsprache fielen zusammen in meinem Mund.

Und doch: Unsere Größe gaben wir in Hektar (ha) an, unsere Verachtung galt den (anderswo, nicht von uns so genannten) kleinen Leuten, den Handwerkern, den Fabriklern, Kleinstädtern, allen, die keinen Boden unter den Füßen hatten ...

Jetzt muß ich dies alles nur noch an der richtigen Stelle in mein Leben einfügen. Erinnerung, Advocatus diaboli meiner Gegenwart!

Es waren drei Todesfälle, die mich – lachen Sie nicht

über meine Geschichte! – kurz aufeinanderfolgend trafen und mit denen ich zu leben hatte.

Erst wurde Caro, mein Hund, von einem Auto überfahren und blieb liegen. Unweit davon Gigi, ebenfalls überfahren, begraben und aus meinem Leben verschwunden. Ich könnte die Stelle zeigen ... Gigi auf dem Misthaufen, mit Mist zugedeckt, niemals zurückgekehrt, mich in der Erinnerung festhaltend, am Leben, zu meinem Schmerz. Damals konnte ich nichts anderes als weinen. Die Erinnerung muß herhalten. Ich muß ihr glauben. Einen Grabstein für Gigi gibt es nicht, die Erinnerung ist das einzige Denkmal, nachdem ich auch, in einer herzlosen Zwischenzeit, die Photos verloren habe.

Damals spielte ich zum ersten Mal damit, mir das Leben zu nehmen. Ich wünschte mir ja nur, das Kind wünschte sich ja nur, bei Caro und Gigi zu sein, meinetwegen im Himmel.

Von meinen Vorfahren sind wenigstens Grabsteine geblieben. Die Schwanz-Seite hat sich Granit aus der einstigen Heimat (Tirol) kommen lassen, hingestellt und sich verewigt, auf ihre Weise, so gut sie konnten. Aber von Gigi und Caro habe ich gar nichts mehr. Ich weiß nur noch, daß sie verschwunden sind. Die Photos mit Gigi und Caro, uns als die jeweils einzigen auf der Welt zeigend, sind verloren. Anhand von Photos müßte ich die meisten Verluste rekonstruieren. Anhand der Erinnerung an verlorene Photos ...

Da, unter dem Kastanienbaum, lag er doch? Dahin hatte man ihn doch zur Seite gezogen? Da triefte doch Blut aus seinem Mund, ich kann nicht Schnauze sagen, aus der Tiefe, da lebte er doch noch.

Und dann eine Art Gegenüberstellung, die Identifizierung am Ort, an den ich gerufen wurde und wo es geschehen war: da mußte ich meinen ersten Toten identifizieren: ja, du warst es ...

Und dann meine Gebete, mein *Requiem aeternam für einen Hund* und mein *Lux aeterna*. Das Ewige Licht leuchte dir!, betete ich. Du lagst auf einem Kartoffelsack. Und Gigi? Hat sie nicht jahrelang ihre zahlreichen Kleinen durch diesen Hof hier geschleppt? Ihre Nachkommen leben ja noch unter uns in der nunmehr fünfzigsten Generation und können nichts wissen von ihrer Mutter... Da trug meine Gigi ihre Kinder durch den Hof, sie hatte sie zwischen ihre Zähne genommen. Was für eine gute Mutter sie war! Dieser Hof, dieses Stalltürchen, diese Erinnerung... Meist lebten wir nebeneinander her, die fünfzehnte Generation seit Tirol neben der vierhundertfünfzigsten Katzengeneration.

Der Abschied war herzzerreißend. Denn diesmal war er endgültig. Gigi lag zu Füßen der Hofeinfahrt, unten an der Straße, ganz ohne Zweifel: tot. Ich wurde von den Nachbarkindern gerufen: *Gigi ist überfahren worden! Dein Gigi liegt tot auf der Straße!* Und ich rannte, ungläubig, zur Straße hinunter bis zur Stelle, die mir das Herz gebrochen hat. Ich weinte nicht, ich war schon auf (sogenannten) Beerdigungen gewesen, ich hatte von den Erwachsenen gelernt, wie man nicht weint, ich war schon ganz eingewöhnt ins Leben, ins Licht der Welt, das ich an dieser Stelle erblickte, das Blut... Bei Caro konnte ich noch weinen. Aber mit Gigi vor mir verstummte ich, mit kurzen Atemzügen stand ich vor meiner Toten, ich verstummte zu kurzen Atemzügen, die unsichtbar blieben – und kaum hörbar. Da schalten mich meine Nachbarkinder, die einst mit mir nach den Jungen von Gigi gesucht hatten, auf dem Heustock, in den verschiedenen Nebengebäuden, in den alten Schränken, in den Betten, nach den Jungen, die nun auch ihre Wege gingen so wie die Nachbarkinder von einst, heute, und ich weiß nicht, wie sie den Verlust ihrer Mutter aufgenommen haben. Die mit mir nach diesen Jungen gesucht hatten, verachteten mich nun, weil ich um Gigi nicht weinte. Alles, was ich tat, nachdem ich alles gesehen hatte, war, in die Scheune zu gehen und einen Getreidesack zu holen, einen schönen Getreidesack, auf dem mein Name stand wie auf dem Scheunentor, den Grabsteinen ... und Gigi darauf bettete. Sie war schon hart wie die Toten.

Caro hatte ich nach einer Woche noch einmal sehen wollen. Wir spielten damals heilige Messe und Requiem. Eine feierliche Exhumierung an der Stelle, wo wir ihn begraben hatten ... Es war nichts mehr da von ihm. Vielleicht etwas Braunes, Graues, Dunkles, Weißliches, Stoff- oder Sackreste. Alles fiel auseinander, von der Schaufel herunter, nichts war mehr da ... Ein guter Boden ... Wir erschraken, über dieses Nichts und rannten davon, ließen in der Eile die Schaufel und die Mistgabel liegen. Bei Gigi verzichtete ich auf diesen Versuch eines Wiedersehens. Das ist die ganze Geschichte.

Gigi war tot. Schon einmal war ich gerufen worden. Hatte an der Straße gestanden, hatte nicht hinsehen wollen, die Hände vor dem Gesicht, weinend. Ich wollte nicht sehen. Aber es war gar nicht Gigi gewesen. Ich hatte nur auf die anderen gehört, die Gigi nicht von den anderen unterscheiden konnten. Etwa nach zwei Wochen – ich hatte in dieser Zeit meines Lebens, immer noch wachsend, erstmals Gewicht verloren – tauchte Gigi wieder auf. Sie *erschien,* erschien mir mit zwei Jungen vom Heustock herunter, die Kleinen konnten schon sehen und wackelten auf mich zu.

Jetzt aber wollte ich sehen und sah, daß Gigi tot vor mir lag. Diese Stelle in meinem Leben, kaum von mir entfernt ... Vielleicht habe ich damals den Verstand verloren oder etwas später, als sie mir meinen Frederic zum Essen hinstellten. Frederic war nach Gigi, nach Caro, mein liebster Freund geworden, er war damals vielleicht ein halbes, ich zehn Jahre alt. Frederic war immer schon schwächlich, hätte er sich nicht ein Bein gebrochen, wäre er schon früh als Spanferkel ausgesondert worden. Dazu nimmt man die schwächsten Exemplare, jene, die es niemals bis zur Schlachtreife bringen würden. Frederic hatte Glück, ich durfte ihn aufziehen, nachdem ich Gigi und Caro verloren hatte. Es ergab sich eine Freundschaft, ein dritter Versuch. Unsere Freundschaft wurde bald belächelt, im Grunde aber anerkannt und sogar beneidet, da etwas Ähnliches zwischen Menschen kaum vorkommen dürfte, denn wir stritten uns kein einziges Mal und waren unzertrennlich. Man mußte mich manches Mal abends, wenn es dunkel wurde, im Stall von Frederic wegreißen und ins Bett bringen. Da lag ich neben Frederic im Trog und hörte, und verstand, was er mir sagte. Es war eine Liebe. Caro, Gigi, Frederic, die Grundschule meiner Verluste.

Eines Tages schaffte man mich in die Ferien, nach Schwackenreute, zum Mostonkel. Zum Essen wurde mir Most eingeschenkt, der Onkel lachte dreckig, und wenn ich ihn recht verstand, und wenn ich mich recht erinnere, sprach er von *Speck, wachsen* und *groß und stark werden*. Der Mostonkel hatte ja so wenig Wörter, daß es schwer war, ihn zu verstehen. Vielleicht bestand sein Vokabular aus hundert Wörtern, vielleicht waren es auch weniger, dies noch alles per Sprachfehler übermittelt; und so bedurfte es der Kunst der Interpretation, einen solchen Onkel einigermaßen zu verstehen. Auf die Zeichen konnte man auch nicht gehen, seine Zeichensprache war ebenfalls sehr reduziert, ein mostrotes Gesicht zählte ja nicht. Frederic verstand ich besser, seine Zeichen waren eindeutig, während der Mostonkel unglücklicherweise auch noch verschlagen war. Wie er den Führerschein bekommen hat, weiß ich nicht. Vielleicht hatte er ihn niemals bekommen, jedenfalls fuhr er mit seinen verschiedenen Fahrzeugen in der unmittelbarsten Gegend von Schwackenreute herum. Namentlich sein alter feuerroter Ford Escort hatte einen gewissen Ruf in der Gegend, man kannte ihn und das feuerrote Gesicht mit dem Hut, tief in den Sitzen, schon vom Sehen ... So wird er damals zu uns gefahren sein und wird Frederic getötet haben, Sell geits it! wird er gesagt haben. Er war ja nebenher Metzger. Als ich nach Hause kam, hieß es, die Nachtfrau habe Frederic geholt.

Man hat mir nie die Wahrheit gesagt, aber heute weiß ich: man hat mir Frederic damals auch noch auf den Tisch gestellt, als Wurstsuppe, mit den geplatzten Schwarzwürsten, die in dieser Suppe schwammen. Was soll ich von einem Menschen noch erwarten?

Damals muß ich den Verstand verloren haben, denn unmittelbar darauf begann ich zu dichten. So begann es mit der Schriftstellerei ...

Ich war noch ein Kind; und zwar ein gezeichnetes. Der Tod dieser drei Lebensgefährten auf Zeit machte mich zu einer Art Schriftsteller, in jenem Augenblick, der mir die Sprache verschlagen hat. Und dieser gehäufte Tod war wohl auch der Grund für mein späteres Theologiestudium, das mich in die Ewige Stadt führte. Dort konnte ich freilich über den Verbleib meiner Geliebten und über den Sinn unserer Einmaligkeit, unseres Lebens auf Zeit, unserer ewigen Liebe, die von keinem von uns jemals widerrufen wurde, sage ich als Überlebender – – –, nichts erfahren. Das ist ein anderes Kapitel.

War es noch verwunderlich, daß ich mich bald nur noch für Frauen ab zweieinhalb Zentner interessierte, oder wenn sie sonst eine Besonderheit aufwiesen?

Nach Meßkirch konnte ich nun mit dem Fahrrad kommen. Bei den Schrott-Weibern, die das Kurzwarengeschäft *Geschwister Schrott* am Marktbrückle führten, wurde mir ein Fix-und-Foxi-Heft in die Hand gedrückt, und nun sollte ich damit leben. Nachdem ich Caro und Gigi nicht mehr hatte, sollte ich ein Fix-und-Foxi-Heft lesen. Es gab alles bei den Schrott-Weibern (Weib ist in unserer Sprache keine Abwertung), Hüftgürtel, bei uns *Kummet* genannt, Unterwäsche, Hosenträger, Stricknadeln und alles, was man zum Stricken und Leben brauchte, aber auch eine Toto- und-Lotto-Annahme und Heuberger Schleuderhonig. Außerdem war noch ein Fußpflegesalon eingerichtet, ich weiß nicht, mit welchem Recht. Und so kam ich schon früh zu ihnen: mit den Hühneraugen meiner Großmutter. Es gibt sie immer noch, die jungen zwei, meine ich, die jetzt die alten zwei Schrottweiber sind, während meine alten zwei angeblich über der Registrierkasse hängen. Ich war zum letzten Mal (mit etwa 14) mit meiner Großmutter zum Hühneraugenausschneiden. *Alle, tout Meßkirch* und darüber hinaus, kamen zur Fußpflege. Auch Heidegger. Alle vier waren von einem erstaunlichen Blond, das nicht von hier und nicht für mich bestimmt war. Auf den Schoß sitzen durfte ich nur bei Klärle, der älteren der alten zwei, und das bis zu meinem achten Lebensjahr. Die jungen zwei setzten sich über mich hinweg, was sollten sie mit so einem Kleinen vom Land? Ina schnupperte auffällig, ich weiß nicht, ob meinetwegen oder wegen eines facialen Automatismus. So seh' ich sie heute noch, sie bleibt mir mit ihrem Schnuppern im Gesicht, während ich bei Klärle auf dem Schoß sitze, die mit mir eine Zeitlang die Fix-und-Foxi-Hefte durchblättert, mit denen ich nun leben soll, und mich auf Besonderheiten innerhalb der Woche für Woche länger werdenden Geschichte hinweist. Noch bis zur Ersten Heiligen Kommunion durfte ich bei ihr auf den Schoß sitzen, dann war es aus damit – im Sommer mit der kurzen Lederhose zwickte sie mich zum Spaß in die Oberschenkel. Das war kurz vor der Zeit, als Lucy meinen Arsch zum ersten Mal *göttlich* nannte, *süß* war er ja immer schon, von Kindesbeinen an. Lucy hat ihr Leben lang nicht begreifen wollen, wie es zur Diskriminierung dieses Körperteils kommen konnte. Bis zum heutigen Tag setzt sie sich für seine Rehabilitierung ein. Klärle meinte es nicht *so,* wenn sie mich *koste* (sie sprach noch von kosen), wir waren ganz unschuldig in allem. Schon früh nahm sie mich auf ihren Schoß – und ich weiß auch nicht, warum. Machte ich in die Hose, lachte sie. Ich war damals krank, Fix-und-Foxi-Heftchen trösteten mich nicht. Ja, sie vertrieben mir nicht einmal als Kind die Zeit, nie haben sie mir die Zeit vertrieben, ich blätterte sie lustlos durch, sah die Sprechblasen, ich konnte doch schon lesen! Die Miederwaren, die in den Glasvitrinen oder auf den Tischen herumlagen, interessierten mich hingegen von Anfang. Die Fix-und-Foxi-Heftchen, die mir hingelegt wurden und mich nicht interessierten; die Miederwaren, die mir nicht hingelegt wurden und mich interessierten, von denen ich immer nur die Verpackung oder die ausgepackte Ware sah (in das *Probierzimmer,* einen weiteren Nebenraum, kam ich ja nicht) ... Verpackungen, Netzstrümpfe mit Strapsen oder Hüftgürtel interessierten mich, galten offiziell noch nicht als anstößig, waren damals eher halb Sanitäts- oder Behindertenzubehör. Von hinter der spanischen Wand kamen ab und zu Aufschreie von Frauen, denen die alte Schrott in den Fuß schnitt. Sie zitterte und rauchte und trank und war ihrer Aufgabe nicht mehr gewachsen. Und ich? Ich wurde in den Unsinn, das Leben zwischen den Kurzwaren eingewiesen. Es war immer laut bei den Schrottweibern, fast wie in Schwackenreute an einem gewöhnlichen Sonntagnachmittag. Ab und zu wurde von der Metzgerei nebenan ein in Zeitungspapier eingewickeltes Fleischkäsweckle hereingereicht. Honig konnte bei den Schrottweibern auch noch gekauft werden. Er stand in 5-Kilo-Eimern zu einer Pyramide getürmt im Schaufenster, zusammen mit einem immerwährenden Portrait-Photo von Heidegger: *dankend-grüßend* eines seiner kleinen Zeichen. Ich verliere mich. Wir waren krank ... Klärle war die erste, die mit meinem Sprachfehler kam: das gefällt mir gar nicht, daß der Bub so jung ist und schon stottert, sagte sie auf Mannheimerisch, denn von da hatte es sie nach Meßkirch verschlagen. Sie träumte oft von Mannheim und der Pfalz, so wie man eben von der Heimat träumt ...

Zum Stottern kam ja noch das In-die-Hose-Machen (als mein In-der-Welt-Sein) dazu, ich sagte es schon. Das eine ging in das andere über, ohne daß ich jetzt sagen könnte wann und wie, ich muß *irgendwie* sagen, das erfaßt meine Krankheit wohl am genauesten, irgendwie trat *alles* gelegentlich zusammen auf, massiv, weniger massiv. Wenig später schon die Zeit des Tanzstundenterrors (nur das Stottern hatte ich noch nicht abgelegt), ich sollte meine Dame auffordern, ich stotterte freilich, ich stotterte insgesamt, meine gesamte Erscheinung und Existenz war in dieses Stottern einbegriffen, war ein einziges Stottern.

Es folgte die Zeit der Samstagabende. Es folgte die Zeit eines Lebens wie Kraut und Rüben. Ich war eben krank, wir waren krank. Gerade fünf Kilometer von der Stelle entfernt, wo ich schließlich geboren wurde (4500 g), stand ein Kreuz, und unter dem Kreuz stand ein Büßer, nackt, betend, nur mit einem Rosenkranz an der Stelle, wo ein Bischof sein goldenes Brustkreuz trägt, sonst nackt. Ich habe ihn gesehen. Es war der erste Nackte, den ich gesehen habe; und dann so einer! So wollte er die Welt retten (von der Bundesstraße 311 aus und ihr zum Zeichen), und landete statt dessen in der Psychiatrie.

Wir waren ungläubig und wurden für unseren Unglauben mit dem Leben bestraft.

Noch näher zur Stelle hin, wo auch unser Philosoph das Licht der Welt erblickt hatte, stieg ein Mann mit der Maske unserer Katzenzunft (die ansonsten bis Aschermittwoch ihr Unwesen treibt) zu den alten alleinlebenden Frauen ins Bett. Er kam lange Zeit durch den Keller nach oben, bis er fast alle durchhatte: je älter und alleinstehender, desto unbeschreiblicher die Lust. Das war freilich ein Psychopath, aber einer von uns, denn wir waren krank. Bei der Verhandlung im Meßkircher Schloß (wo sich das kleine Amtsgericht einquartiert hat), sprach er von ganz anderen Dingen, gar von Heidegger. Das alles geschah mitten unter uns, in einer Gegend also, die Heidegger für säurefrei erklärt hatte, in einer Welt, aus der er seinen Schleuderhonig bezog.

Jede Verirrung hatte uns schon erreicht, selbst der Telefonsex, sobald dieser möglich war, das heißt: kaum daß die ersten Apparate aufgestellt und die Damen von der Vermittlung überflüssig geworden waren. Kaum gab es das individuelle Telefongespräch, kamen auch schon die ersten Meldungen (»Ich schieb dir gleich was ganz Dickes unten rein«, zu unserer Ehrenrettung mit dem Akzent und in der Sprache eines unserer Flüchtlinge...). Ich selbst war, etwa zehnjährig, auf eine Frau Moser hereingefallen, die sich – »bin eine rüstige Rentnerin«, sagte sie mir – mit ihrer Männerstimme »für Verschiedenes« anbot und zum ersten Mal in meiner Muttersprache von »Ficken« sprach. Und nun sollte ich eine meiner Schwestern ans Telefon holen, vorher aber noch das Telefonkabel durchschneiden, da sonst unser Haus explodiere... Das hatte ich nun davon, daß ich vom ersten Klingeln an (das Gerät stand eines Tages bei uns im Hausflur) zum Telefon rannte, bis heute auf den Anruf meines Lebens wartend.

Damals steigerte ich mich ins Leben hinein, bis hin zu Scheinschwangerschaft, bis hin zu Scheinschwangerschaftsverdacht, glaube ich, manchmal dachte ich: du kriegst ein Kind, so weh tat alles. Meine anderen hatten sich doch auch in Krankheit und Unglauben behauptet – oder waren eben gestorben. Die Toten meiner Kindheit – – – Der Tod – und Gott – waren ja die beiden Götter meiner Kindheit. Alle unsere Toten: Fritz zum Beispiel. Von Haus zu Haus war die Nachricht gegangen. Und erst die Totenglocke: Sie wehte uns die Nachricht durch die Fensterritzen herein. Wir zitterten. Wir wußten noch nicht, wer es war von uns. Bald klopfte es an der Tür, und die Nachbarin sagte: der Fritz. Das ist lange her und muß kein Kind betrüben. Lassen wir also die Toten liegen, an der Stelle, wo sie gestorben sind, und sie vom Beerdigungsinstitut abholen. Die Totenglocke wollen wir überhören. Wir wollen per Gericht erreichen, daß sie abgestellt wird. Schließlich wohnen wir in einem Wohngebiet. Kind! Fritz! Caro! Gigi! Frederic! Seid ihr da? Könnt ihr mich hören?

Keiner kommt mehr und sagt uns, daß einer von uns gestorben ist. Wir sitzen nun vor dem Bildschirm in unseren verunstalteten Häusern (mit den Satellitenschüsseln) und weinen, wenn wir vorgelesen bekommen, daß Audrey Hepburn in ihrer Villa am Genfer See im Alter von dreiundsechzig Jahren gestorben ist. Unser Toter aber, ein schäbiger Einzelfall, muß kein Kind betrüben. Er muß nur noch gewaschen und verladen werden. Das Beerdigungsinstitut übernimmt den Transport, die Wäsche, alles. Der Tote ist in der Stadt gestorben, schon gar nicht mehr gestorben, die Geschichte hört im Krankenhaus auf, im fahrbaren Kranken- wie Totenbett aus Aluminium. Der Tote kommt mit dem Aufzug in die Tiefkühlhalle. Niemand will ihn mehr sehen. Der Sarg wird geschlossen aufs Land geliefert und bleibt zu. So endet unsere Geschichte.

Unser Friedhof bleibt vorerst noch, was er ist – und offen, dachte ich. Keine Friedhofszeiten.

Unseren Kirchturm mit den Sonntags-, Abend-, Hochzeit- und Totenglocken habe ich wohl auch bis zuletzt, das heißt: solange ich da war, überschätzt. Immer wieder wurden aus seinem Schattenfeld weg unsere Kranken in die Landesnervenheilanstalt gefahren. Die einen sagten, er sei hundert, die anderen, er sei dreißig Meter hoch. Die Schätzungen gingen auseinander wie bei unserem Heuberg, den auch noch niemand von uns gemessen hat und der über unserem Leben steht. Immerhin hat er einen Namen, und ich glaube: von uns, denn auf einer Karte erscheint dieser Berg nicht. Die einen sagen, er sei tausend, die anderen, er sei hunderttausend Jahre alt, weder das eine noch das andere ermessend. Eine Freundin von mir, die ganz ohne Orientierungssinn lebte, sagte: vier Meter. Und auf meine Frage: wie alt? antwortete sie: ewig! Einfach, um auch etwas zu sagen. Schließlich hatte ich sie gefragt, auch, weil ich selbst keine Antwort habe. Ach, wir vertaten uns schon in der Erdkunde, brachten Städte und Länder durcheinander. Mit meiner Volksschulfreundin konnte ich nichts spielen außer Doktor. Ihren Namen weiß ich noch. Man hat ihr halt schon im Kindergarten bei Schwester Maria Radigundis nicht viel beibringen können. Alles entwickelte sich von Anfang ganz einseitig. Aber wir liebten uns und unseren Turm in unserer Mitte, auch wenn wir nicht wußten, wie hoch er war. Heute ist sie übrigens tot ...

Das Frühjahr war so spät bei uns, daß es immer erst im nächsten Jahr blühte. Alles fror, die Blumen und wir. Die Forsythien waren immer nur eine Erinnerung daran, daß es kalt, daß es nicht Frühjahr war. Ich haßte sie. Ich liebte die Zeit um den Weltspartag herum. Kleines Denkmal für Raiffeisen, kurze Geschichte unseres Endes: wer war Raiffeisen? Ein Name aus dem neunzehnten Jahrhundert, stand über dem Raiffeisen-Warenlager mit angeschlossener Bank, mit dem dazugehörenden Zeichen, zwei übereinander gekreuzten Pferdeköpfen, glaube ich. Mit dem Namen verband ich weiter nichts, vielleicht glaubte ich, Raiffeisen sei eine Art Nikolaus des Weltspartags, da wurden die Sparbüchsen geöffnet. Seine Idee war großartig: *Einer für alle – alle für einen* und hatte etwas ausgesprochen Schlichtes ... Raiffeisen war da, so unbestreitbar wie das braune Meßkircher Höhenfleckvieh, die Mengele-Miststreuer, wie unser Kirchturm und unser Friedhof. Später las ich, Raiffeisen sei ein religiöser Sozialist gewesen, der landwirtschaftliche Hilfsvereine im Westerwald gegründet habe. Außer dem Rechner sollte jede Arbeit ehrenamtlich sein, ich weiß, er kam am Sonntagmorgen nach der Kirche ins Haus, die Raiffeisenkasse hatte er in der rechten oder linken Hand, er kam zu Fuß.

Bald, noch zu meinen Zeiten, war auch die letzte Genossenschaft gleichgeschaltet (man sagte: Fusion) und von Technokraten ausgelöscht und durfte außer ihrem Namen *Raiffeisen-G.* (mit dem sich ja auch das Einer-für-alle-Monster, der R.-Konzern, getarnt hatte) nichts behalten. Die *Raiffeisenbank* hat unseren Ruin, unser aller Ruin finanziert und ermöglicht, hat uns alle zu neuen Ställen, Miststreuern, Krediten, überhaupt *zur neuen Zeit,* in die wir passen sollten und die niemand überstanden hat als sie und ihresgleichen, überredet. Die Raiffeisen-Kasse drängte zu Investitionen, bis wir kapitulierten, bis zur lautlosen, unheimlichen, endgültigen Aufgabe unserer selbst. Der Boden unter unseren Füßen und wir selbst wurden (für die anderen, für den Rest der Welt) zu einem ärgerlichen, subventionierten Faktor der Euro-Multi-Agrarindustrie. Das ist die philosophische Seite unserer Geschichte ...

Ich weiß, Raiffeisen hat das nicht gewollt. Was wollte er? *Beschaffung von Vieh für die unbemittelten Landwirte, Tatchristentum, von der Bergpredigt her,* las ich, *seine Arbeit war von zahlreichen Fehlschlägen begleitet.* Wußte unser Raiffeisen-Direktor, dieser Kerl, dem wir uns überschreiben mußten, von den Zielen Raiffeisens, der seiner Firma den Namen gegeben hat? *Eine Vergütung erhält nur der Rechner...* er überreichte uns die bald im Himmel verschwundenen Luftballons am Weltspartag, wohl die ersten am heimatlichen Himmel. Unter ihm war unser Viehverein, die Einrichtung einer Besamungsstation beschlossen, eine Molkerei etc. gegründet worden: alles ging auf

Raiffeisen zurück. Im Grunde auch die Besamungsstation, die Bullen, die, von der Genossenschaft *bezuschußt*, in unserem Farrenstall arbeiteten, der für uns Kinder gesperrt war, obwohl wir uns nie wieder so sehr dafür interessierten, was hinter diesen Türen vorging, wie als Kinder. Wir hatten ja nur das Schlüsselloch, das so gut wie alles verbarg: wenig Licht im Deckraum. Unsere Kuh, die wohl einen genauso alten Stammbaum hatte wie ich, einen Stammbaum, der ebenso viele Generationen in unserem Stall aufwies wie meiner im Haus daneben – oder noch mehr? –, trottete genauso unergründlich davon, so unverändert, so unverändert, wie sie gekommen war – und wir hinterher. Ich kann mir nicht denken, daß sie etwas davon hatte. *Selbstsucht ist durch Gemeinsinn zu ersetzen*... Ein ländliches Literaturkränzchen gründete er auch noch. *Das Schlimmste ist die Gottvergessenheit*... Desungeachtet wirbt er auch noch für den Abschluß von Lebensversicherungen.

Ich werde noch einmal ein Buch schreiben! schrie der Mostonkel manchesmal in den Schwackenreuter Rauch hinein, wenn von unserem (durch die R.-Bank) drohenden Ende die Rede war. Er hätte es tun sollen. Unsere Geschichte kam ja nicht durch den Raiffeisen-Direktor zu Ende, sondern durch die Verhältnisse, von denen R. nichts wissen konnte, als er sein *Die Darlehns-Cassen-Vereine in Verbindung mit Consum-Verkaufs-Gant-etc. Genossenschaften als Mittel zur Abhilfe der Noth der ländlichen Bevölkerung sowie auch der städtischen Arbeiter. Praktische Anleitung zur Bildung solcher Vereine, gestützt auf dreiundzwanzigjährige Erfahrung als Gründer derselben* schrieb. Glaubte er an den Fortschritt? Ich fürchte: ja. Anders kann ich mir nicht erklären, daß er zur Gründung von Besamungsvereinen pp. aufrief.

Was stand im Tausendjährigen Reich über R. in den Lexika? War er verboten?

Unsere, unser aller Geschichte, die wir einst mit der Mistgabel im Stall standen oder das Heu im hintersten Winkel unseres Heustocks verstauten, die wir im Schweiß unseres Angesichts, wie im 1. Kapitel der Heiligen Schrift vorausgesagt, gelebt haben, war umsonst. Wir haben umsonst gelebt. Es ist aus.

Schon mit Raiffeisen ging es nicht recht weiter. Der eine Sohn emigrierte nach Amerika und blieb verschollen. Das Werk selbst haben die Banken an sich gerissen. Der andere Sohn versuchte noch, eine Zeitlang weiterzumachen. Er wurde vom Raiffeisen-Verband ausgebootet, starb bettelarm. Der kleine Nachlaß wurde versteigert, vom Raiffeisenverband aufgekauft und beiseite geschafft und brachte hundertsechzig Reichsmark: *ein Schreibtisch aus Weichholz, zwei Gipsfiguren, ein Kreuz, drei Stühle, eine Bettstatt, ein Oberbett, mehrere hundert leere Medizinfläschchen, ein alter Regenschirm.*

Die Raiffeisenbank mit ihren Eintragungen ins Grundbuch war ja auch nur etwas Zweitrangiges. Dem vorausgegangen war unser Glaube, daß es aufwärts geht mit uns: unser unbeschreiblicher Fortschrittsglaube, den wir vielleicht mit Raiffeisen teilen. Wir haben uns verführen lassen. Sie überredeten uns zu neuen Kuhfarben, zum Fortschritt bis zu der Stelle, wo dieser endet.

Eines Tages kam das Landwirtschaftsamt (von der Kommandozentrale Brüssel über Bonn und Stuttgart dirigiert) und sagte, daß es für uns besser wäre, unsere Anwesen würden zu *viehlosen Getreideanbaubetrieben* (Amtssprache) umgemodelt. Es wurde für jede Kuh eine *Abschlachtungsprämie* in Aussicht gestellt. Wir machten auch mit. Für jede Kuh gab es tausend Mark. Das war ein Geschäft. Für jede Kuh, die ich doch jahrelang vom Feld geholt, durch die ich Zählen gelernt, sie bei ihrem Namen ansprach, sprechen gelernt, die ich fütterte, molk, liebte, gab es tausend Mark. Meine Lebensgefährten, mit denen ich, von denen ich lebte, die – lachen Sie nicht! – mein Leben waren, haben wir verkauft. Damals hatten wir noch etwas, dem wir über den Kopf streicheln konnten, und ihre Augen, waren sie nicht die schönsten? Gab es nicht das Epitheton ornans *kuhäugig* für die schönen Augen der Artemis?

Eines Tages waren unsere Kühe verkauft, die schwarzen *und* das Meßkircher Höhenfleckvieh, alle. Der Abtransport durch Heidegger zog sich über einen ganzen Tag hin. Heidegger mußte mehrere Male verladen, wegfahren, wiederkommen. Doch schließlich war es geschafft: die letzte Kuh im Viehwagen festgebunden. Heidegger schloß den Laden, hievte sich in seinen Viehwagen und fuhr zum Hof hinaus. Wir standen da und winkten nicht. Ein Glück, daß keiner von uns wußte, daß dies das Ende war.

Damals, als wir noch nach Schwackenreute fuhren, kehrten wir Gott sei Dank immer wieder nach Hause zurück. Wir mußten nicht in Schwackenreute übernachten. Von allem, was ich von Schwackenreute erinnere, war das schönste die Fahrt nach Hause, auch wenn sie durch denselben dunklen Wald führte, an der Kiesgrube vorbei und an allem, was immer war und nie.

Um halb fünf war das Abendessen in Schwackenreute. Die Bierwurst kam vom Niel, einem Meßkircher Metzger, der die schwarze Kuh ebenfalls ablehnte. Dann drängte man in den Stall zum Melken, und wir durften zurückfahren. Es kam aber auch vor, daß man uns noch das Vieh zeigte. Dann mußten wir alle mit in den Stall hinunter, ob wir wollten oder nicht, und loben. So wie andere ihre Sammlung, ihre Bilder, Waffen, Geweihe und Briefmarken zeigen, so zeigte uns der Mostonkel seine prämierten Kühe, das braune Meßkircher Höhenfleckvieh und die dazugehörenden Plaketten von den Landwirtschaftsausstellungen am Stalltürchen, und wollte gelobt sein. Hatte eine Sau geworfen, mußten wir durch Spinnweben und verschimmeltes Heu in den hintersten Stall, das Wurfzimmer. Er wies auf die neugeborenen Lebewesen, die schönen Ferkel, und zählte, mit einem Stecken über sie hinwegfahrend, voller Stolz: *Do-do-do* – bis dreizehn. So viele waren es, die an der Mutterbrust hingen.

Und so endet Schwackenreute. Ich war ein Kind: ich war so groß wie eine Schwertlilie, und *das Heu roch nach der unglücklichen Liebe des Himmels zur Erde.*

Hochfest der Erinnerung

... *das erste Mal*, lange vorher schon die erste Brezelpreiserhöhung von zehn auf fünfzehn Pfennig (um 1960), das erste Mal Rom, die ersten Druckfahnen, die erste Ananas, das erste Gedicht (schlecht), das erste Mal das Meer (es folgt das erste Meergedicht), der erste Brieffreund (Belfast, wohl ein Protestant, als ich im zweiten Brief schrieb, ich wolle katholischer Priester werden, kam keine Post mehr... Aber vielleicht auch nur, weil ich ein Paßphoto beigelegt hatte, auf dem ich sehr zurechtgestutzt ausgesehen haben mag, eine Art Mecki, die abstehenden Ohren, der karierte Pullover, die Weißsonntagsfliege), das erste Mal..., vorher schon: der erste Kuß, auch nicht der Rede wert, wohl an einem Fasnachtssamstag im Löwen, ich glaube hinter einem Vorhang, wahrscheinlich mit dem kleinen Trampel aus der Einödhofnachbarschaft, spät erst die erste Pizza, Hamburg, von der Hand in den Mund, mit Lucy als Führerin, sie hatte diese Pizzaecke entdeckt und war mir immer voraus, die erste Nacht in einem fremden Bett (schon als Kind in Schwackenreute), die ersten Bluejeans (weiß ich nicht, aber ich muß doch etwas getragen haben, ich kann nicht die ganze Zeit in meiner Ganzjahresvolllederhose herumgelaufen sein), das erste Fahrrad, das erste Moped (Honda), das erste Auto (wohl ein weißer VW am Anfang einer unüberschaubaren Generationsreihe bis herab zu meinem 576000-km-Taxi-Diesel-Mercedes von heute), die erste Oper (der Troubadour statt dem Holländer wegen Programmänderung, auch für Lucy und die anderen das erste Mal), *das erste Mal*, müßte eigentlich das Hochfest der Erinnerung sein..., der erste Rausch, da habe ich auf den Misthaufen vor unserem Wirtshaus gekotzt, später ins Bett, das erste Mal übrigens.

Seither kommt ein großes Handtuch in Maulhöhe auf den Boden neben mir, eine meiner Eigenarten, wie auch das Nachschauen vor dem Einschlafen, ob jemand unter meinem Bett liegt, die ich mit anderen Menschen teile, wie fast alles, das erste Mal beim Zahnarzt, eine Tragödie für Anfänger, vorher schon der Verlust des ersten Milchzahns, die erste Angst, und erst das Theater mit dem ersten Weisheitszahn, die ersten Toten, mein Caro, Gigi, Frederic, gut, »sava« – – – alles geht vorbei, man kann sich erinnern, nur an das erste Mal In-die-Hose-Machen kann ich mich nicht erinnern. Und über die erste Lüge habe ich schon gesprochen.

Die Geilheit Catulls

Über einen Telefonanruf erfuhr ich vom Tod unserer Lateinlehrerin: sie hatte sich mit achtzig Jahren in ihrem Fertighäuschen, das sie sich für ihren Lebensabend hatte hinstellen lassen – nur der Keller Massivbauweise, und da geschah es – erhängt. Diesen Tod mußt du dir jetzt immer dazudenken, sagten wir uns am Telefon, wenn du an die Lateinstunden denkst, an *velle, nolle, malle:* wollen, nicht wollen, lieber wollen – – – an die unregelmäßigen Verben. Die Verwandlung von Colonia Agrippina zu Köln, und selbst Catull klingt jetzt anders: *vivamus et amemus, mea Lesbia* – – oder nicht? fragte ich meinen nun vierzigjährigen Informanten. Du mußt jetzt alles vom Ende her sehen, ihre Schwärmereien von einer ersten Reise nach Rom, zu den Ruinen, die Klagen über die Kinder, die wir waren, und wie sie schon in der Sexta über uns stöhnte: ich weiß nicht, wie ich *euch* ins Abitur führen soll! Du mußt jetzt alles anders sehen, ihren Unwillen der Welt gegenüber, die vor dem Leben stand, die schlechten Zensuren, die diese Welt bekam, die Geilheit Catulls, die Kälte, sie fror immerzu und zog, während wir unser Wissen auswendig aufsagen sollten, eine Unterhose nach der anderen über. Das war hinter dem Tisch im Bio-Raum, denn an unserer Schule ging es drunter und drüber. Der Lateinunterricht fand zwischen einem einsamen Skelett und den Präparaten aus dem Humangenetischen Institut Freiburg statt, die noch vom Dritten Reich her hier herumstanden, vergessen worden waren. Damals hatte unsere Schule gute Beziehungen zur Wissenschaft. Der Lehrstuhlinhaber für Rassenhygiene, ein sogenannter Mediziner und damals einer der angesehensten seines Fachs, war doch auch von hier, doch auch einer von uns. Das alles mußt du dir jetzt immer dazudenken, sagte ich, die Unterhosen und alles, alles vom Ende her sehen, ließ ich ihn noch einmal wissen. Wir waren noch einmal ganz klein vor dem Leben, als wir vom Ende dieser ferngerückten Gestalt sprachen, unserer achtzigjährigen Lateinlehrerin, die sich im Keller ihres Fertighäuschens erhängt hat, wahrscheinlich aus Einsamkeit.

Sie hatte alles dafür vorbereitet, vielleicht auch noch den Termin, denn die Beerdigung fiel mit unserem ersten Klassentreffen nach zwanzig Jahren zusammen. Sie hatte noch die Einladung zu unserer Feier erhalten. Vor zwanzig Jahren hatte uns Fräulein S. *ins Abitur geführt*. Die ein Jahrzehnt gefürchtete Zukunft lag zwei Jahrzehnte hinter uns.

Da standen wir tatsächlich in einem leeren Raum. Einer von den Lehrern von einst, die immer noch hier waren, hatte uns hierher geführt. Wir sollten die Plätze von einst herausfinden, uns an unseren alten Platz setzen: eine, noch eine Lektion unserer Vergänglichkeit, der Vergänglichkeit von Meßkirch und all seinem Gepränge ...

Es hatte geheißen, wir sollten Bilder mitbringen, Photos zum Wiedererkennen, wie ich vermute. Doch keiner hatte Photos gebracht; und nicht einmal Erinnerungen. Nun standen wir, hilflos, in einem Raum, mit dem wir nichts mehr verbanden. Waren wir je hiergewesen? Und das all die Jahre, in denen wir Hoffnung hatten, in denen die Welt wuchs, da wir zum Fenster hinausschauten? Wir bekamen nun nur gesagt: da war es! und sagten uns: da muß es gewesen sein. Die Stühle waren wohl noch dieselben und auch wir. Unsere Hinterteile paßten, so gut wie die Vorderteile, sie alle fielen in dieser Position nicht nach unten. Und kaum saßen wir, wurden wir auch schon wieder aus diesem Raum, dieser aufsteigenden Erinnerung hinauskomplimentiert. Schließlich hatten wir noch ein ganzes Programm vor uns, ein Programm des Wiedersehens; und da dies so schnell nicht möglich war, wurden wir auch schon wieder hinauskomplimentiert, kaum daß wir in unserer Erinnerung Platz genommen hatten, ohne daß wir über sie hinausgewachsen wären, über sie oder diesen Raum, an dem unsere Erinnerung versagte, ohnmächtig wurde, so unvermittelt und ohne Erbarmen herbeizitiert – und sitzen gelassen, und noch einmal, und für immer hinausgeschmissen. Wir sahen und sahen nicht. Wir saßen und saßen nicht. Wir waren es und waren es nicht. Wir waren es doch? Unser gemeinsames Verschwinden (auf Taubenfüßen) und dieser Versuch eines Wiedersehens... Als Anhaltspunkt allein ein Stuhl und der Blick aus dem Fenster, der an (meine) Jahre in der Gefangenschaft erinnerte, mehr nicht. Hier soll es gewesen sein? fragte Lucy aus sicherem Abstand.

Sie hatte es *am weitesten* gebracht, am weitesten weg von hier, sie konnte aus sicherem Abstand fragen. Wir alle, die wir es zu nicht so weit von hier weg gebracht haben, hatten gehofft, daß Lucy mit ihrem Fernsehteam kommen und uns aufnehmen würde, für ihre Sendung im ZDF. Sie machte jetzt ernstzunehmende Filme fürs Fernsehen, aber auch Werbespots – und außerdem leitete sie nebenbei das MAGGI-Kochstudio. Wir hatten gehofft, daß sie aus uns und unserem Wiedersehen einen kleinen Beitrag für die ASPEKTE zaubern würde, umsonst – – – Sie war *ohne* gekommen.

Vielleicht fürchtete auch sie sich vor der Erinnerung, aber die Erinnerung hatte an diesem Tag keine Chance.

Von hier aus ging es zum Friedhof. Einer von uns war gestorben. Die Frauen (denn aus meinen fernen Mädchen waren Frauen geworden, so nah wie die Spatzen) trugen alle leichte Sommerkleider, fast durchsichtig scheinende Sommerkleider, ich fürchte, sie waren für das Wiedersehen gekauft, es war kalt, sie waren geschminkt und zitterten wahrscheinlich. Einige von uns, die Männer geworden waren, trugen nun Schnauzer anstelle ihres Gesichts und oben, wo ich das lange, wehende Haar erinnere, das schöne, war fast nichts mehr. Mag sein, daß der eine oder andere ein Toupet oder eine Krawatte trug. So gingen wir Richtung Friedhof spazieren, niemand erkannte uns, bei aller Neugier in der Stadt. Man hielt uns vielleicht, vielleicht für eine Delegation aus Japan, denn einige von uns hatten schon damals etwas Chinesisches. Ich wußte schon aus der Volksschule, daß Attila bei uns durchgezogen war, und später hörte ich im Biologieunterricht von DNS-Strängen und Mendelschen Gesetzen, Chromosomen, und daß vor Gott tausend Jahre wie ein Tag sind, vor dem Chromosomengott ohnehin. Man konnte uns für eine Delegation der Heideggergesellschaft halten, für deren japanische Sektion, denn wir schauten sehr ernst und führten ein kleines Nelkengebinde mit uns. So fanden wir schließlich den Friedhof und mußten nur noch das Grab suchen. Es gab für die Gräber, auch für die berühmten, keine Wegweiser... Ich hatte schon gehört, daß das berühmte Philosophengrab ganz vermoost war, ein Gerücht in der Stadt, das Grab des Philosophen sei ganz ungepflegt, ja verwahrlost... Dies nur nebenbei.

Wir fanden das Grab unseres Schulkameraden nicht, wir irrten auf diesem Friedhof umher. Es war schließlich wie ein Spiel, anfangs ungeheuer und entblößend, dann aber brach der Spieltrieb durch. Wir wurden nun wieder eine Zeitlang wie die Kinder, und wer als erster unser Grab fand, hatte gewonnen. Das war alles. Marlies K. aus Buffenhofen rief quer über die Reihen hinweg: *Da liegt er!* in der Muttersprache *(Do leitr!)*. Aber sie tat das, um zu scherzen, denn sie hatte nur ihren Onkel gemeint, Heidegger. Wir rannten alle hin und mußten furchtbar lachen, denn wir standen vor dem falschen Grab, es war nur das Grab des Philosophen, mit dem Marlies am nächsten von uns allen verwandt war: die Mutter Heideggers, eine geborene K. wie sie, war die Schwester ihres Großvaters. Marlies und die Heideggermutter waren unter demselben Dach gezeugt und geboren worden und auch aufgewachsen, bis sie als Frauen aus dem Haus getrieben wurden (Verheiratung). – – – Die Grabstelle war wirklich etwas heruntergekommen. Es gibt immer einen wahren Kern, dachte ich mir, zum Grab des Philosophen hinschielend und auch darüber hinweg, denn wir waren immer noch auf der Suche nach dem richtigen Grab. E. war gewiß schon längst in nichts aufgegangen, das Ganze (sein Leben, sein langsames Sterben, plötzlicher, schlagartiger Tod) war doch schon ein Vierteljahrhundert her! Aber vielleicht war es unsere Aufregung, unser Schmerz von damals, daß wir auf einmal fast durchdrehten und ganz kindisch wurden. Der Tod von E. verband uns: er war vielleicht das einzige Ereignis in unserem Leben, das wir ähnlich bewahrt hatten, das unsere Erinnerung teilte ... An diesem Tag des Suchens (der alte Platz, der richtige Stuhl, das richtige Grab) gab es immer wieder Falschmeldungen, mutwillige, aber auch aus Irrtum und vorschneller Gewißheit. Es waren nicht alle gleich aufgedreht, immer noch gab es Unterschiede zwischen uns. Das blieb, daß wir uns unähnlich waren und blieben, und daß wir uns nicht verstanden. Darin waren wir uns ähnlich, daß wir uns unähnlich waren ... *Hier ist es!* hörten wir uns einander zurufen, als ob es sich um eine Ostereiersuche, *hier liegt er!*, als ob es sich um einen Schatz handelte! Die Mißverständnisse setzten sich fort, auch weil einige von uns die Sprache gewechselt hatten. Ich hatte gleich zu Beginn des Treffens an D. bemerkt, daß er nun hochdeutsch sprach. Und wie! Er hatte sich vor mir aufgestellt und seinen Namen gesagt (nun durch einen Doktortitel vermeintlich aufpoliert), als ob ich ihn nicht erkannt hätte ... Aber er war es ja, der mich nicht erkannte, das behauptete er wenigstens. *Und wer sind Sie?* wollte er von mir wissen. Er habe mich nämlich ganz zu Beginn für den Adlerwirt gehalten, scherzte er später. Der Ort, wo wir uns trafen, war nämlich der *Adler*, wie damals. D. war ja auch der erste, der im Blick auf mich an diesem Tag von Schönheitsoperation sprach. D. war ein hoher protestantischer Geistlicher geworden, Stadtpfarrer einer deutschen Großstadt, ließ ich mir sagen. Erst gratulierte ich ihm überschwenglich zu seinem hohen Amt, später ließ ich ihn durchblicken, daß es wohl – nach meinem Dafürhalten – heutzutage mehr protestantische Geistliche als einfache protestantische Gläubige gebe, und überhaupt: ich war bei einem Lieblingsthema angekommen: daß der Protestantismus heute doch nur eine Sekte und immer schon eine Sekte gewesen sei. Im zwanzigsten Jahrhundert müsse man über dieses Thema nicht mehr ernsthaft reden, erklärte ich. Das Grab war immer noch nicht gefunden. Wir wollten es ja gar nicht so schnell gefunden haben, denn das wäre nur das Ende des Spiels gewesen, und so vermute ich, daß Marlies und Lucy, diese zwei forschen Mädchen von einst, längst wußten, wo es war. Die eine war ja hiergeblieben und hatte auch die Schlüssel vom Hausmeister für die Turnhalle bekommen. Dort sollten wir auch noch hin. Marlies wußte genau, wo *es* war. Sie hatte ja erst mit der Gießkanne hantiert und wollte *im Vorbei* noch mit etwas Wasser auf Heideggers Grab, rekonstruiere ich ex post, sie wußte ja, daß es sonst niemand machte. Sie war mit der Gießkanne vorangeschritten und wollte uns ursprünglich Heideggers Grab zeigen, schließlich kannten wir ihn alle von seinen Auftritten in der Stadt- und Viehhalle, wohin wir gekarrt worden waren wie zur selben Zeit die Ostberliner Schüler an die Stalinallee, wenn hoher Besuch aus dem Osten kam. Dann aber, als Menschenkennerin, hat sie umgestellt. Als sie merkte, daß wir das richtige Grab nicht fanden, daß wir am Durchdrehen waren, hat sie umgestellt und den Spaß mitgemacht. Sie wußte alles, so wie die Großmutter, die die Ostereier versteckt hat und schließ-

lich einen Wink gibt, wo die Kinder suchen müssen. *Heiß! Kalt! Warm! Kartoffel!* – – – so und ähnlich lauteten ihre kleinen Hilfen, die Sprache unserer Suchspiele von einst nachahmend, die sie noch beherrschte, oder wenn nicht, von ihren eigenen Kindern noch einmal gelernt hatte. Doch wir irrten auf diesem fremden Friedhof umher und fanden das richtige Grab einfach nicht. Wie eine allwissende, besorgte Großmutter blickte sie, doch es half nichts. *Schaut mal in der Urnenhalle!* Das war der entscheidende Hinweis, und es war alles vorbei. *Schlagartig* fiel uns ein, was den Schrecken von damals vollkommen gemacht hatte: *er* hatte sich ja verbrennen lassen ... Die erste Leichenverbrennung unseres Lebens. Wir verstummten. Das Spiel war zu Ende.
Es folgte die Mittagspause. Danach sahen wir uns wieder im *Adler*. Nach dem offiziellen Teil sollte nun der vergnügliche folgen. Einige hatten schon vergessen, woran E. gestorben war, andere haben es nie gewußt. Wenn wir uns recht besannen, wußte keiner von uns jemals, woran E. eigentlich gestorben war. Es war zuletzt ein Selbstmord, aber schon damals hieß es: die Schule hat ihn umgebracht. Er war der einzige, der sich damals – vielleicht – das Leben genommen hat, vielleicht war es die Schule ... Wir anderen haben dies alles überstanden, wovon wir nun vergnüglich sein sollten, worüberhinweg wir nun lachen sollten, immerhin ging es um ein Vierteljahrhundert, und ein ebensolches lag zwischen uns, und keiner hatte sich seither umgebracht oder wäre auch nur gestorben, alle kamen lebend und lebten, wie auch immer, wir waren die Alten, wir hatten Glück, es hatte uns nicht erwischt, immer noch nicht, wir konnten uns erzählen, wen alles es erwischt hatte, wir konnten Namen austauschen, wem es passiert war, und wann, und wie es passiert war. Es waren Menschen, zwar nicht unser Jahrgang, aber doch solche, die wir kannten, etwa unsere Lateinlehrerin, die auch

nicht eines natürlichen Todes gestorben war, wie nah sie diesem auch gewesen sein mochte, und die die Einladung zu unserem Treffen ja noch erhalten haben mußte, umsonst. Das Klassentreffen stellte sich als Wiedersehen der abgebrühtesten Insassen eines Gefangenenlagers heraus. Man tauschte seine Erinnerungen mit den Wärtern von einst, und wir waren sprachlos und flüchteten uns in Äußerlichkeiten wie immer schon: meine angebliche Schönheitsoperation wurde zu einem Hauptthema des Tages.

Aus Verzweiflung darüber begann ich, allen zu sagen, was ich von Luther halte. Ein Verbrecher sei er, der größte, den Deutschland bis zu Hitler gesehen habe, erklärte ich bei Kaffee und Kuchen, *bei Wein und Verlorenheit.* Ich entwickelte meine Anklage aus der *Freiheit eines Christenmenschen,* die vom selben Verfasser stammte wie *Wider die diebischen und räuberischen Rotten der Bauern* und auch das späte Hauptwerk: *Von den Juden und ihren Lügen* von 1545! fügte ich meiner ungläubigen oder ärgerlichen, bürgerlichen Zuhörerschaft, meiner Mehrheit gegenüber hinzu: da könnt ihr alles lesen ...

Auch noch den Namen Calvin warf ich in den Raum, um den Abscheu zu steigern: Calvin ließ Kinder verbrennen, wenn sie an den falschen Stellen lachten – – –, nur zur Information! fügte ich hinzu, als ob ich informieren wollte. Niemand lachte. Ich war auch schon bei der Internationalität der katholischen Kirche (*im Grunde* großzügig, ungemein tolerant, phantasievoll, alle Rassen, Schichten, Einkommensstufen etc.) angekommen und erklärte, Rom sei das einzig Katholische, also: Internationale, das es auf dieser Welt gebe, die immer mehr in Nationalismen und Eigennutz versinke. Den Relativsatz hatte ich dem Osservatore Romano entnommen, ein Zitat von Kardinal Ratzinger. Schaut euch einmal die Protestanten dieser Welt näher an – oder lieber nicht! Nach Klassen und Einkommensstufen geteilt! Nur Weiße, Nordeuropäer etc., also im Grunde rassistisch: völkisch im Dritten Reich, apartheidlich in Südafrika, *Staatskirchentum*... bemerkte ich, auf dem Gipfel meiner Verachtung angekommen. Ich weiß nicht, ob das jemand bemerkte. Also kam ich mit dem Holzhammer: Schaut mal nach Amerika! Diese englischen Sektierer haben sich den Weg nach Westen doch freigeschossen, für die waren die Indianer doch nicht einmal Menschen! Die Spanier dagegen haben die Indianer getauft, sie also als Menschen, als innerhalb der Gesellschaft, wenn auch auf unterster Stufe anerkannt, sagte ich mit Octavio Paz, und um meine und dessen Autorität in Meßkirch zu stützen, fügte ich hinzu: sagt *der Nobelpreisträger* Octavio Paz in seinem Buch: *Das Labyrinth der Einsamkeit,* für das er mit dem Nobelpreis ausgezeichnet worden ist!

Wenn ich auch den einen oder anderen von uns überzeugt haben dürfte (nicht anders als damals schon), so war ich mit meiner Hetzrede nur dem Rollenspiel treu geblieben: halt etwas verrückt, aber lustig, nur nicht mehr stotternd ... hieß es. So konnte unser Wiedersehen nach zwanzig Jahren nicht zu jenem *Erfolg* werden, den sich in der Begrüßungsrede dieser D. erhofft hatte. Vorzeitig reiste er auch ab, mit dem Hinweis auf eine Konfirmation am folgenden Tage, nicht ohne seine Lieblingsfreundin von einst noch nach Hause zu fahren. Wie weit sie gekommen sind, weiß ich nicht. Schon angetrunken und gleichzeitig ernüchtert gab ich den anderen zu verstehen, daß die zwei miteinander ins Nest gefahren seien, auch ein Wiedersehen! Daß sie es vor (Geilheit sagte ich aber nicht, weil es dieses Wort zu unseren Zeiten noch nicht gab), *vor lauter* (eine unübersetzbare Fügung ...) unter uns nicht mehr ausgehalten hätten. Niemand wollte mich hören. Auch dieses Mal (ich glaube, es hätten auch fünfzig Jahre, ein Leben, dazwischen liegen können) fand ich kein Gehör,

57

nur Gelächter. Ungläubiges Gelächter: sie lachten wieder einmal über mich und meine Einfälle.

So saßen wir noch eine Weile und ließen uns vollaufen. Unser Wiedersehen war in sich zusammengebrochen. *Nie wieder!* empfing mich Marlies auf meinem Anrufbeantworter, kaum, daß ich nach Hause zurückgekehrt war.

Wenn ich nun noch einmal irgend etwas nennen müßte, was diese neun Jahre gebracht haben, so müßte ich sagen: *Flamme empor!* Ich weiß jetzt, wie man *Flamme empor!* singt und schreibt.

Vielleicht eine Erinnerung an die Rassenlehre, die entsprechenden Schautafeln hingen noch herum, das Wort *arisch* fiel noch gelegentlich, wenn auch offiziell abwertend im Tonfall, ebenso das Wort nicht-arisch, das nun ein Kompliment – oder etwas Besonderes – sein sollte ... Mit dem Wort ›semiarisch‹ war es schon komplizierter. Die alten Lehrer wußten nicht, in welchem Sinn sie dieses Wort weiter verwenden sollten ...

Auch mit den Froschschenkeln weiß ich nichts mehr anzufangen. Sie geistern aber in meiner Erinnerung herum. Ursprünglich auf den Heuberg gehörend, dann in der Einkaufstasche nach Meßkirch geschleppt, ins Biologiezimmer, lebend, dort von irgend jemand (es muß doch jemand geben, der all diese Dinge noch weiß!) – vom Hausmeister? vom Lieblingsschüler? von einem unserer frechsten Mädchen? – getötet – sagt man nicht *getötet* bei Fröschen? Oder fängt das erst bei den Lebewesen an, die von uns nicht gefressen werden? Auseinandergenommen, zerschnitten, zerlegt, untersucht – und anschließend auch noch von unseren Mädchen unter Anleitung der alten Biologielehrerin, die schon beim BDM deutsche Kochkurse gegeben hatte, zubereitet, während die Jungen im Gleichschritt zur Turnhalle abkommandiert wurden, wo sie sich den sogenannten *Leibesübungen* zu widmen hatten, Drillübungen, die in gerader Linie von Zirkus, Militär und der

Zeit vor uns abstammten. Meine Schule schiebt sich immer näher ans Dritte Reich mit den Jahren.

Ich kannte Menschen, die haben den Führer im offenen Mercedes vorbeifahren sehen, und andere, denen hat er die Hand gereicht. Das war in Nürnberg, das war der Höhepunkt im Leben meiner Biologielehrerin, ich weiß, sie war die Jüngste im Bund der NS-Akademikerinnen...

Wir waren deutsch: wer Nibelúngen sagte, mußte nachmittags zum Nachsitzen *antanzen*. In Meßkirch angekommen (mit dem Fahrrad), wurden die Delinquenten in einen Nebenraum gesperrt, und der eine oder andere mußte laut auf zehntausend zählen. Ab und zu ging die Tür auf, und sie kontrollierte, wie weit man war. Drei Stunden hatte sie angesetzt.

Bei den sogenannten Notfallübungen am sogenannten Katastrophentag wurde in unserer Schule der Brand des Hauses, der Absturz eines Jagdflugzeuges in uns hinein, die Entdeckung einer Bombe aus dem letzten Krieg mitten unter uns, und überhaupt das Unausdenkliche in unserem Leben geübt. Das war der Höhepunkt, wenn schon nicht im Leben, so doch im Schuljahr unserer Biologielehrerin. Sie rannte von Zimmer zu Zimmer, die Einsatzleiterin, sie schrie *Raus! Antreten!* Wir wußten, es war Katastrophentag, ohne daß wir die Art der Katastrophe schon gekannt hätten. *Antreten* – das war ohnehin das Lieblingswort im Haus, das heißt bei unseren noch aus dem Tausendjährigen Reich stammenden Vorbildern. Das Lieblingswort meiner Freunde hingegen war seit dem vierzehnten Lebensjahr *Ficken*, ein richtiges Wort, das Macht über uns ausübte, das Gegenstück zu *Antreten!*, eine Gegenwelt, die uns am Leben hielt.

Die Biologie- und Turnlehrerin stellte eine große Tradition her: sie überbrückte die Geschichte des Tausendjährigen Reiches vom Höhepunkt bis zum Untergang und zu uns herab. Sie war seit 1943 *Vollakademikerin*, und *wir* repräsentierten den Untergang. Dazu kamen die schlechten schulischen Leistungen in dieser Klasse, die sie auf *die Polen* zurückführte, das heißt auf die Schüler mit den polnischen Namen, die Flüchtlingskinder, die den Unterricht zu sich hinabzogen ...

Eines Tages kam der Landrat Freiherr von Gleichenstein angefahren und überreichte unserer Biologielehrerin das Bundesverdienstkreuz, eines der ersten. Die Sonnwendfeiern fanden auf dem Sauacker Richtung Buffenhofen statt, genauso wie kaum zehn, zwanzig Jahre zuvor, selber Ort, selbe Zeit ...

Wir standen auf dem Saufeld hinter Conradin Kreutzers Geburtshaus. Wo bleiben die Idioten aus Tuttlingen schon wieder! zischte sie vor sich hin, doch dann hob sich ihre Stimme, und sie verlas Heideggers Grußwort. Wir standen in Gruppen oder Blocks in allen vier Himmelsrichtungen um den noch nicht entzündeten Holzstoß herum. Die Polen ganz hinten, ungeachtet ihrer Kleinheit oder Größe. Der erste hatte schon wieder in die Hose gemacht, noch bevor *Flamme empor!* gesungen war. Und so was will Förster werden! Mit einer Ohrfeige verabschiedete sie Hubertus von der Sonnwendfeier und verstieß ihn Richtung *Obstgarten,* wie der Name für die Meßkircher Flüchtlingssiedlung lautete. Da kam der Bus aus Tuttlingen angefahren. *Er* stellte sich neben dem befreundeten Banner aus Saulgau auf, neben dem Sack mit den Sägespänen, für die Pahlke, der Hausmeister, zuständig war. Pahlke – – – das klang schon deutscher, aber auch noch nicht ganz richtig. *Flammen zündet! Herzen brennt!* schrie die Biologielehrerin in die Johannisnacht hinein. Es war gegen zehn und dunkel, denn in den sechziger Jahren gab es keine Sommerzeit, und sie gab das Zeichen für *Flamme empor!* Einer von uns mußte noch ein Thing-Gedicht von Josefa Berens-Totenohl vortragen, das schon 1943 an dieser Stelle zum Vortrag gekommen war. Die Berens-Totenohl war nämlich eine Kameradin aus dem NS-Akademikerinnenbund und blieb es.

Unsere Welt war voller Flüchtlinge. Sie war nicht mehr heil. Auch an diesem heiligsten Abend der Heimat (laut Biologielehrerin) standen Flüchtlinge um uns herum, die uns, unsere Heimat in Frage stellten.

Alle Sonnwendfeiern meines Lebens klangen mit einem Kanon aus, mit dem Nachhauseweg, mit der Nacht.

Wir hatten ja nur Lehrerinnen. Alte Lehrerinnen, die sich schon im NS-Lehrerinnenbund gestritten hatten. Im Lehrerzimmer, der Hölle, saßen ja bis 1969 nur Lehrerinnen. Der erste Lehrer, wenn ich den Direktor abziehe, war ein ganz ungebildeter Waschlappen von 1970. Der wurde auch gleich, ohne daß man die Frauen beachtet hätte, Nachfolger unseres nun fünfundneunzigjährigen Interimsdirektors aus dem Hannöverschen, der schon der erste Lateinlehrer von Ernst Jünger gewesen war, sagt man. Der Interimsdirektor war noch 1943 vom Ortsgruppenleiter der Partei geholt und eingesetzt worden. Die Gegend hieß anderswo Badisch-Sibirien. Niemand wollte kommen, nicht einmal als Direktor. Ein Leben hier kam also, selbst vom kleinen Freiburg her betrachtet, einer Verbannung gleich. Erst um 1970 trudelten die ersten Lehrer ein, durchweg Söhne von Nazis, die mit den schon anwesenden nationalsozialistischen Lehrerinnen der ersten Stunde also meinen Lehrkörper bildeten.

Es war eine Besonderheit unserer Schule, daß wir seit 1943 diesen Interimsdirektor hatten. 1945 war er durch mehrere Persil-Scheine (von den Lehrerinnen, die *nur* im Bund der NS-Akademikerinnen, nicht aber *in der Partei* gewesen waren) als *unbelastet* eingestuft worden. Sie hatten sich, so muß ich glauben, gegenseitig Unbedenklichkeitszeugnisse ausgestellt (bis hin zu *Widerstandskämpfer*) und blieben. Die Verhältnisse ähnelten damit den Verhältnissen im großen und ganzen. Der Interimsdirektor wurde im Jahr der Mondlandung abgelöst, nein, entfernt, mußte entfernt werden. Ob er das überhaupt noch realisiert hat, ist ungewiß. Er dürfte es ebensowenig wahrgenommen haben wie seinen wenig später eintretenden Tod. Da haben wir noch einmal die *Wacht am Rhein* gesungen, war doch Schneckenburger, der Komponist, auch von hier, auch einer von uns. Zu Schneckenburgers Grab in der Schweiz (wie er dahin kam, weiß ich auch nicht), ging unser erster Schulausflug. Auf derselben Fahrt noch erstmals Besuch des Basler Zoos.

1963 feierte der Interimsdirektor seinen neunzigsten Geburtstag. Immer noch hatten wir ihn im Turnen. Er gab seine Kommandos von seinem Stuhl aus, brüllte *Antreten!* und zeichnete mit seinem Krückstock die Bahn, die wir im Kreis laufen sollten. Wir verstanden seine reduzierte Sprache, er konnte keinen einzigen von uns mit Namen nennen, aber wenn er gegen die Geräte zeigte, gegen das Trampolin, gegen die Barren, versuchten wir uns doch an diesen Geräten. Seine Angaben *Hoch! Rein! Runter! Rüber!* blieben schlicht unverständlich, und wenn dann die Frechsten von uns auch noch *Ficken* dazwischenriefen, verstand er gewiß nichts. Aber ab und zu saß Heidegger neben ihm in der Turnhalle, auch er auf einem Campingstuhl, dann strengte sich der Alte noch etwas mehr an, und seine Bewegungen mit dem Krückstock waren vielleicht etwas eleganter. Die beiden kannten sich vom Ersten Weltkrieg her, hatten zusammen auf der Feldpoststelle gearbeitet, zensierten die Briefe von und nach der Front. Jetzt freuten sie sich über uns. Zuber fiel vom Barren. Tocholepsy kam gar nicht erst hinauf, ohne daß es von irgend jemand bemerkt worden wäre.

Auch von *Umvolkung* war die Rede.

Die Lateinlehrerin sprach in Andeutungen von Bautzen I und Bautzen II.

Von Umnachtung.

Der alte Direktor warf bei seinen Ansprachen oftmals das Wort *Trommelfeuer* in den Raum.

Von *Umnachtung* war die Rede.

Meine Schule war etwas ganz Besonderes: eine Synthese aus Trommelfeuer, Bautzen, Umnachtung und zurückgehaltenen Tränen. Unsere Ministerpräsidenten, die in der Schule herumhingen, hießen Kiesinger und Filbinger. Es war, alles, *vorne hinten wie höher.*

Der Lehrstoff (den es wohl gab?), stammte fast komplett aus Büchern, die vor '45 geschrieben worden waren. Doch selbst die Bücher, die nach '45 erschienen und bis nach Meßkirch gelangt waren, unterschieden sich wohl kaum von den alten. Wörter wie *widernatürlich, gesund, ungesund, krank, tüchtig* sowie das ganze sportlich-militärische Vokabular herrschten, sowie das dazugehörige Herrgott-, Heimat- und Familienvokabular, nur das Wort *Führer* und etwa das Wort *entartet* oder das Wort *Mädel* durften damals nicht mehr (jetzt wieder) vorkommen.

In meinen Lesebüchern fand ich fast ausschließlich Gedichte von Siegfried von Vegesack, Lulu von Strauß und Thorney, Karl Heinrich Waggerl, Ina Seidel, Börries von Münchhausen – –, und alle langweilten mich. Ich wußte schon, daß dies nicht alles sein konnte, so wie nach dem ersten Durchblättern der Wäscheseiten des Neckermannkatalogs. Nur Rudolf Alexander Schröder, Georg Britting und Werner Bergengruen sowie die abenteuerlich-finsteren Balladen der Agnes Miegel, nach der bis 1969 unsere Schule getauft war? Ja, ich bin zur Miegel-Schule gegangen; und ich sollte mir darauf auch noch etwas einbilden. Vom achtzigsten Geburtstag Heideggers an hieß dann die Schule *Feldweggymnasium,* weil der Philosoph zu bescheiden war, seinen Namen zu geben. Aber jetzt mußten wir auch noch den *Feldweg* (fünf Seiten Prosa) auswendig lernen. Bis dahin galt:

(Oberstufe): Das gesamte Balladenwerk der Agnes Miegel (außer den sogenannten nordischen Balladen) auswendig; zehn Gedichte von Paula Grogger, fünf Gedichte von Lina Kromer. Eines der Balladenbücher von Siegfried von Vegesack nach Wahl. Die Zeit nach dem Zweiten Weltkrieg muß eine ausgesprochene Balladenzeit gewesen sein, aufgrund dieses Unterrichts hatte ich lange geglaubt (wenn auch nicht für möglich gehalten), daß sich in der Ballade die Dichtung erschöpfte, ja daß Dichtung nichts anderes sei als eine Folge winterabendlanger Balladen.

Auch Romane *mußten* wir lesen: Den *Rosendoktor* von Ludwig Finkh, *Der Wulferbauer* von Josefa Berens-Totenohl, *Pfingsten* von Anton Gabele, *Aus meiner Jugendzeit* von Peter Rosegger. Hinzu kamen die Weihnachtsgeschichten (womit man sich in Meßkirch ein gutes halbes Schuljahr beschäftigte). Die Weihnachtsgeschichten von Karl Heinrich Waggerl, E. G. Kolbenheyer, Luise Rinser, Anton Gabele, Ina Seidel, Billinger, Süßkind, Will Vesper sowie die völlig vergessene Weihnachtsgeschichte ihres heute ebenfalls völlig vergessenen Autors Linus Kater. Weltliteratur wurde uns auch geboten, wenn sie *von hier* war: Abraham a Sancta Clara, Heidegger, Gottfried von Zimmern (Verfasser der weltberühmten Zimmernschen Chronik, die im Meßkircher Schloß geschrieben wurde, da, wo wir sie jetzt lasen). Von Goethe, von dem das Wort *Weltliteratur* doch stammt, habe ich darüber hinaus nie etwas gehört in Meßkirch. Die 68er brachten dann Brecht: die Maßnahme. Aber dafür war es schon zu spät. Allerdings auch das erste Gedicht: *Erinnerung an die Marie A.*, von dem ich lebte, eine Zeitlang.

Ich hätte gerne einmal gewußt, wer in Stuttgart diese Lesebücher zusammengestellt hat – oder lieber doch nicht. Gegen Ende der Schulzeit kamen neue Lesebücher. Da waren nun, Anfang der Siebziger, auch noch ein paar

Neue abgedruckt. Auch ein Enzensbergergedicht, also wieder nichts.

Zu Hause war ich von all dem verschont geblieben. Niemals habe ich ein nationalsozialistisches Wort oder ein Enzensbergergedicht gehört. In der Schule mußte ich all dies dazulernen. Da sah ich meine ersten Nationalsozialisten, leibhaftig.

So sind es für mich immer wieder Erinnerungen, Kinder, 120, 130, 140, 150 cm große Menschenkinder, die noch wuchsen und dabei Sonnwendfeiern und Katastrophentage, *Flamme empor!* und Siegfried von Vegesack verabreicht bekamen, und wenn sie Nibelúngen sagten, zur Strafe auf zehntausend zählen mußten.

Einmal kam die Miegel zu Besuch angefahren. *Das ist der Höhepunkt eurer Schulzeit!* (wenn nicht *eures Lebens*) hieß es. Aus dem Westfälischen... Dort hatte sich ihre Welt noch gehalten, so wie unsere Welt bei uns. Ich weiß noch, sie hatte einen Zopf, und der war geflochten. Sie trug um alles herum einen Zopf. Sie war uralt und unvergeßlich, etwas Graues... Einige weinten, als sie Agnes Miegel leibhaft erblickten. Wir waren von unseren Lehrerinnen vor ihrem Besuch in das Martyrium dieses Lebens, *das alles verloren hatte,* eingewiesen worden. *Das ist die Summe der deutschen Existenz!* sagte eine unserer Lehrerinnen.

Zur Feierstunde war die Schule im Musiksaal angetreten. Huldigungsadressen, das Grußwort von Heidegger und Balladen, die ausgewählte Schüler mit nordischen Vornamen (Uwe, Jürgen, Kai) aufsagen durften, wurden vorgetragen. Die Miegel war schon sehr alt und lauschte ihren Dichtungen, die gar nicht in unsere Landschaft paßten. Keine einzige ihrer Balladen spielte hier. Jede Ballade wurde zweimal vorgetragen. Die Miegel blinzelte jeweils wissend – oder gar wissender, man sah ihr ihren Verlust an. An dieser und jener Stelle schien sie zu verzagen. Da aber alles aus dem Mund von Kindern (oder was dafür galt) kam, schöpfte sie auch wieder Hoffnung.

Nachher ging man noch in die Martinskirche. *Einer Kathedrale würdig!* soll sie ausgerufen haben, fast im selben Wortlaut von Pius XII., der das schon 1921 in seiner Eigenschaft als Nuntius seinem Begleiter Conrad Gröber gegenüber geäußert hat. (Vgl. C. G.: Meine Begegnungen mit dem Stellvertreter und mit dem Führer, in: Mitteilungen der SA, München 1934, Sp. 334–340) Dann noch bei der grauhaarigen Baronin in Herrenschnitt und Jagdkostüm, ein Privatbesuch, eine alte Freundschaft aus den Zeiten der NS-Frauenschaft. Die Miegel soll sich immer wieder, sehr sanft, das lange graue Haar aus dem Gesicht gestrichen haben.

Nach der Reifeprüfung die erste Reise meines Lebens. Bis dahin war ich eigentlich nur nach Schwackenreute, Meßkirch oder in den Stall gekommen, wo ich eigentlich am liebsten war. Die Reise (nach Capri! hatte ich mir in den Kopf gesetzt, und auf dem Weg dahin noch nach Rom! Ich hatte einen Lichtbildervortrag im Nebenzimmer des *Löwen* gesehen, eines Winters; von da Capri, die sogenannte Blaue Grotte und so weiter) unternahm ich mit A. aus Kreenheinstetten, B-Klasse wie ich. Nachdem fünf von uns durch die *Reifeprüfung* gefallen waren, wollten wir unserer Schule nicht auch noch durch unsere Anwesenheit bei einer Feierstunde in der Stadt- und Viehhalle (heute: Heideggerhalle) huldigen. Wir waren nicht die einzigen, die ferngeblieben waren. Der Direktor machte sich noch ein letztes Mal von der Rednertribüne herunter über uns lustig, wie man mir sagte. Er verkündete, daß wir die schlechtesten Ergebnisse von ganz Baden-Württemberg erzielt hätten. Er hat gesagt, daß er sich eine Zukunft mit diesen Noten nicht ausdenken könne – – –, daß er beim besten Willen nicht sagen könne, was aus uns, mit ein, zwei Ausnahmen vielleicht, noch werden könne. Die Heideggerhalle muß entsetzlich leer gewesen sein, von da vielleicht die Verwünschungen unseres Direktors. Ich kannte diese Halle von den Viehversteigerungen her. Da wurde das braune Meßkircher Höhenfleckvieh im Kreis herumgeführt und versteigert oder auch nur prämiert. Den Direktor denke ich mir an der Stelle, wo sonst der Auktionator seine Angaben und Zahlen herunterschrie. Dieser Direktor verspottete uns, indem er sich unsere Zukunft (darunter ja auch meine) ausmalte, indem er sich diese angeblich nicht auszumalen wagte. Als mein Name genannt wurde, verlas er, ich sei in Portugal, abwesend, und machte auch noch eine Andeutung über meine Zukunft, die ich nie erfahren habe, so schrecklich muß diese Andeutung gewesen sein. Mit einer unwilligen Handbewegung habe er mein Zeugnis zur Seite geschoben: *Glänzt durch Abwesenheit!* habe er dabei durch die Viehhalle gerufen. Ein letztes Mal fehlte ich unentschuldigt. Es war der 24. Mai 1973, und ich fuhr an diesem Tag mit A., der ja auch unentschuldigt fehlte, von Sorrent aus nach Capri. Es war nur ein Tagesausflug. Nach der Blauen Grotte wollten wir noch mit der Zahnradbahn in die Stadt hinauf, aber es blieb keine Zeit mehr. Unser Boot ging schon wieder um zwei nach Sorrent zurück. Dort übernachteten wir in der Jugendherberge. Wie wir dahin gekommen waren, weiß ich nicht mehr.

Meinen Reisebegleiter habe ich seither auch nicht mehr gesehen, doch, ein einziges Mal noch sah ich ihn. Ohne daß ich wüßte, warum, ist er aus meinem Leben verschwunden. Gewiß gibt es einen praktischen Grund dafür, daß wir, die wir neun Jahre am Stück, sage ich, zusammen, sage ich, in diese Schule gegangen waren, gewiß gibt es einen praktischen Grund, daß wir uns nicht mehr jeden Tag sahen. Aber daß wir uns vollkommen aus den Augen verloren haben, kann doch nicht daran liegen, daß mich seine Frau (die ich ein einziges Mal, bei der Verheiratung in einer Wallfahrtskirche am Bodensee gesehen habe) abgelehnt hat – –, einfach nicht leiden konnte. Sie duldete überhaupt keine Freundschaft neben der Ehe und Familie. Aber daran kann der Verlauf unserer Geschichte doch nicht liegen ... Wir haben uns doch die ganze Zeit so gut verstanden, auch auf Capri –, und es fehlte nicht viel, und wir hätten uns eine Frau gesucht und wären zur Krönung unserer Freundschaft alle drei ins Bett gegangen, so gut verstanden wir uns. Aber unsere Freundschaft wurde nicht dadurch gekrönt, sondern wenig später durch Ilse zerstört. Eines Abends – bei einem jener Abende, die die Katholischen Hochschulgemeinden zu Beginn eines jeden Semesters zum Kennenlernen veranstalten – ging Ilse entschlossen auf den unentschlossen dasitzenden A. zu und forderte ihn zum Tanz auf (auf hochdeutsch: Damenwahl ...). So beginnt zwar nicht Weltgeschichte, aber unsere Geschichte war damit zu Ende. Auf hochdeutsch ... Ich weiß genau, daß A. schon dadurch eingeschüchtert war. Die Befehlssprache bei uns war das Hochdeutsche. Es blieb ihm wohl nichts anderes übrig, als zusammenzuzukken, zu folgen und zu tanzen ...

Ich weiß nicht, wie sie jetzt dasitzen, ob sie ihr Haus schon gebaut haben, möglicherweise ja ... Wir beherrschten diese Version der Sprache, die KZ-Version, nur passiv. Wir verstanden, worum es ging, so wie in den Filmen die Neger oder die Indianer die in unsere Befehlssprache synchronisierten Kommandos verstanden. Aber mitreden konnten wir nicht. Ilse sagte *Komm!*, und sie gingen.

Was kann aus einer Verbindung von Adolf und Ilse schon werden! dachte ich mir. Aber A. verdankte sich auch nur einer Verbindung von Ernst und Rosa. Das Leben setzte sich über die sonderbarsten Namen fort.

Ich hatte mit A. über alles sprechen können, zumeist war es einfach nur Unterhaltung, Politik, Sport, Wetter,

Sex, Autos, jetzt merke ich erst, daß er fort war. Damals merkte ich nichts. Ich glaubte, außer einer neuen Adresse änderte sich gar nichts, und es änderte sich ja auch gar nichts, außer daß wir uns bis zum heutigen Tag nicht wiedergesehen haben. Zum Klassentreffen kam A. nicht.

Dies ist schon alles, was durch unser Meßkircher Nicht-Wiedersehen ausbrach. Zwanzig Jahre trennen uns alle, Zeiträume, für die wir Zahlen und keine Namen haben, von dieser mißglückten Zeit in Meßkirch. Unser Wein, unsere Lautstärke, unser Verstummen, schon vor dem Ende des Wiedersehens – – – Wir versprachen einander ganz fest, uns in zwanzig Jahren wiederzusehen.

Don Quixote und ich

Auf Schwackenreute folgte Meßkirch, auf Meßkirch Rom. Kaum von meinem Bischof in die Ewige Stadt geschickt, hatte sich auch schon Monsignore Franz Sales Obernosterer mit mir angefreundet. Wieder ein Zufall, der mich auf meinem (schiefen?) Weg ein schönes Stück weiterbrachte.

Wie kam ich überhaupt zur Theologie? Theologie interessierte mich doch gar nicht. Theologische Fragen auch nicht, längst nicht mehr. Gewiß, ich wollte immer noch wissen, was mit Caro, Gigi und vor allem Frederic jetzt war. Gewiß wollte ich damals auch noch die Welt retten, meine diffusen Anstrengungen richteten sich also einerseits ganz auf *hier*, andererseits ganz auf *dort* aus. Das Ergebnis insgesamt, die Summe war so dürftig, daß ich sie vergessen habe.

Mich retten – dazu mußte ich möglichst weit weg von Schwackenreute und mir. Ich mußte ans andere Ende der Welt meiner selbst. Ich sah, daß ich, um mich zu retten, weg von mir mußte, daß ich mich verlassen mußte, weg von so einem Menschen wie mir. Ich habe es versucht.

Auch war ich fromm, aber ich wußte nicht, daß dies nichts mit Theologie zu schaffen hatte, weil ich auch ein wenig dumm war. Dazu kommt der Ehrgeiz, der Ehrgeiz eines Kindes, in den Himmel zu kommen, was immer dies sein mochte.

Die Fahrt nach Rom war wie eine Fahrt ins Blaue. Eines Morgens fuhren wir los, eines Morgens kamen wir an. Unsere Nonnen wiesen uns unsere Zimmer zu. Das Leben als zukünftiger Priester konnte beginnen.

Was aus den drei anderen geworden ist, weiß ich auch nicht. Ich habe sie aus den Augen verloren. Möglicherweise endeten sie als Priester? Vielleicht beten sie nun für mich. Das zumindest haben wir uns damals doch versprochen, daß wir füreinander beten?

Die Aufklärung hat den Himmel verdunkelt! Mit diesem Satz von Heidegger (ich glaube, er war von Heidegger) wurde ich vom Direktor des Päpstlichen Kollegiums auf deutsch begrüßt. Mir zu Ehren begrüßte er mich mit einem Heideggerwort, denn aus den Unterlagen wußte er, daß ich aus der Heideggerstadt Meßkirch (4500 Einwohner im Kernbereich, 1976) stammte. Seid Ihr mit dem Denker verwandt? fragte er in seinem altertümlich-kirchlichen Deutsch. Gewiß! antwortete ich ihm. Wir sind alle mit ihm verwandt! entgegnete ich, worauf er sich vor mir verneigte ...

Der Zufall wollte es auch, daß *der größte Denker seit Plato* (wie in der BUNTEN zu lesen stand) ausgerechnet während meiner römischen Zeit verschied, ich greife vor.

Franz Sales, der nichts um mich herum leiden mochte, selbst noch auf meinen entfernten alten Verwandten eifersüchtig war, war damals in mein Zimmer (von dem aus ich die halbe Ewige Stadt überblicken konnte. Wie oft habe ich, allein, zu diesen zwei Fenstern hinausgeschaut!) geplatzt, um mir den Tod Heideggers zu melden: er hatte es in den Abendnachrichten von RAI UNO vom 26. 5. 1976 erfahren und hatte sich allein deswegen von seinem Chauffeur zu mir auf den Aventin heraufbringen lassen. Er hatte eigens dafür die von uns scherzhaft so genannte TUNICA PRAETEXTATA (die »verbrämte Toga«), das feinste Ausgehgewand des höheren römischen Prälaten übergestreift. So stand er vor mir, und ganz euphorisch. Vor lauter Freude wechselte er von der einen Sprache in die andere, gab mir in allen Weltsprachen die Nachricht des Tages bekannt: Lateinisch, Mandarin-Chinesisch, Sanskrit, Arabisch, Hochdeutsch, in seinem niederösterreichischen Dialekt,

Französisch, Italienisch und so weiter: *Heidegger ist tot!* trumpfte er auf: *Dood issa! Mortuus est! Il filosofo è morto!* Ja, er versuchte es sogar auf holländisch – ich habe es vergessen. Und er äffte den Heiligen Vater nach, wie er von seiner Sedia herunter verkündete: Ich sage euch, der Herr ist wahrhaft auferstanden! In dem weinerlichen Tonfall des Papstes (mit dem er auch noch die angeblich höchste Freude verkündigte) plärrte Franz Sales: *Omnibus dico: Heidegger vere mortuus est!,* und er machte Anstalten, mich zu segnen ... Ich aber weinte und warf ihn hinaus. Ich weinte, denn ich glaubte damals wirklich, nicht nur ein merkwürdiger Onkel, sondern auch ein großer Geist, ja Mensch sei gestorben. Ich nahm SEIN UND ZEIT § 48 und las über AUSSTAND, ENDE UND GANZHEIT. Ich nahm die Cointreau-Flasche und kippte das Zeug in mich hinein und las und soff bis zuletzt ... denn ich glaubte, daß ich nun etwas für immer verloren hätte. Aber wie bei einer Scheidung nach vierzig Jahren die Frau zu ihrem Mann sagt: *Ich habe dich nie verstanden!* so, so ähnlich ging es auch mir ... Doch *abgefallen* von Heidegger, wie es in der Heideggerstadt bald hieß, abgefallen bin ich nie.

Vorausgegangen war die Vorstellung beim Direktor, die Prüfung unserer Person aufgrund unserer Erscheinung, eine alte und gewiß auch naheliegende Methode – – – und nicht die schlechteste.

Dann beim Rektor der Päpstlichen Universität dasselbe Verfahren, auch ihm gefielen wir. Wir durften bleiben und studieren. Wir bekamen unseren Studierplatz zugewiesen, unsere Stelle zum Hinknien in der Kapelle gezeigt, man gab uns die diversen Ober- und Unterkleider. Erscheinen, Vorstellen, Einkleiden, Hinknien, Beten: dies alles erinnerte mich etwas an meine zwei Wochen bei der Bundeswehr.

Am ersten freien Sonntag gingen die drei Bayern in Lederhose aus, in der kurzen. Mich nahmen sie *so* mit, als etwas, das nicht ganz dazugehörte, nicht ganz richtig auf der

Welt war. Und ich, daneben, vergesse nie, wie sie nach ihrem bayerischen Auftritt, der mitten in Rom ein Verkehrschaos auslöste (eines von vielen, die ich sah), schamrot von der Straße in den nächsten Bus geflohen sind, und da ging der Aufruhr weiter. Zum Papst hätten sie *so* kommen können, der Heilige Vater hatte schon manche Delegation aus Altbayern empfangen, aber nicht zu den Römern. Das sind nur Stichworte.

Franz Sales hatte bald ein Auge auf mich geworfen. Schon war ich zum gemeinsamen Rosenkranzgebet nach San Isidoro eingeladen, damals eine der feinsten Adressen für geistliche Vespern. Er hatte mich am Schwarzen Brett stehend auf italienisch angesprochen, mich sogleich für einen Tiroler gehalten, aber noch nicht mit dem Tirolerischen kommen wollen, von da Italienisch, und mich zum Rosenkranzgebet nach San Isidoro eingeladen. Franz Sales, eine dicke, aufgeschwemmte Person unbestimmten, gar unbestimmbaren Alters, mit der ich einfach Mitleid hatte. Ich sagte: *gut, schön* –, ich wußte ja nicht, was daraus folgte.

Franz Sales Obernosterer (ein österreichisch klingendes Pseudonym?) stammte wohl aus dem Mühlviertel, war wahrscheinlich bei den Benediktinern von Kremsmünster erzogen worden, wo er möglicherweise schon bald als begnadeter Zeremonienmeister auffiel, eines Tages nach Rom geschickt wurde, wo er offensichtlich beim Heiligen Vater landete, denn Franz Sales war mittlerweile einer der obersten Zeremonienmeister zu St. Peter. Ein Gerücht, das mir bald zugetragen wurde, besagte allerdings, daß Franz Sales gar kein Österreicher sei, und schon gar nicht aus dem Mühlviertel. In Wahrheit handele es sich um einen Konvertiten aus Bielefeld, der seinen hohen Posten bei Oetker aufgrund einer Vision aufgegeben und sich für die Welt seine österreichische Geschichte zurechtgelegt hatte. Franz Sales, der, das wußte ich, von Franz Kardinal König geweiht worden war, hatte sich bald ein feines, aber wenig differenziertes Wienerisch zugelegt, auch ein Schauspielkünstler, so daß ich als Laie ihn von einem anderen Wiener nicht hätte unterscheiden können. Er hatte übrigens auch engen Kontakt zu Ingeborg Bachmann, die kurz vor meiner römischen Zeit in ihrem Bett verbrannte und mit Blut aus den Priesterseminaren – wir mußten alle Blut spenden – noch eine Zeitlang am Leben gehalten wurde. Franz Sales hatte dies vermittelt. Doch all dies nur nebenbei.

Erst als er mir die Hand zum Kuß reichte, wußte ich, daß ich einen bischöflichen Rang vor mir stehen hatte. Und dann sah ich auch noch das Brustkreuz und die Seidenschuhe... Einer der Mesner des Heiligen Vaters, mit dem Recht, den Papst zu wecken, *mit freiem Zugang zu den päpstlichen Kleiderkammern!* flüsterte mir mein Freund zu, von dem ich auch nicht weiß, was aus ihm geworden ist. Ich muß ihn als *vermißt* aufgeben, denn ich bin seit fünfzehn Jahren ohne Lebenszeichen, wo wir das Leben damals doch geteilt haben, darf ich das sagen? Er damals *unten*, ich *oben* – jetzt ist *es vielleicht umgekehrt.* Als Bischof (wenn auch nur Titular-) hatte Franz Sales das Recht auf ein Wappen, auf Nennung seiner Namen und Titel in den Annalen des Heiligen Stuhles. Das höchste Vorrecht aber war nach eigener Auskunft, den Papstmessen (also den höchsten gesellschaftlichen Ereignissen, die es für unsereins auf der Welt gab) in Violett beizuwohnen; und zwar in vollem Ornat. Wie andere auf die Oscar-Nominierungen warteten, so wartete man in Rom auf die *Kreierung* genannte Ernennungsliste. Franz Sales hoffte schon geraume Zeit auf das Kardinalat, den Purpur der Eminenz, wie er mir gegenüber ganz offen gestand. Im Päpstlichen Jahrbuch, dem Vorbild für den »Gotha« – die ersten fünf Seiten bestanden nur in einer Aufzählung der päpstlichen Titel, von *Diener der Diener* bis zu *Stellvertreter Gottes* –, war auch er verzeichnet. Sein Bistum war zwar nur ein sogenanntes Titularbistum, aber dafür eines der ältesten überhaupt, verwaist seit der Eroberung durch die Araber im Jahr 734 und lag irgendwo in Nordafrika. Die ganze Welt (seit neuester Zeit: die Weltkugel) war aber nach wie vor von Rom in Bistümer aufgeteilt; die Weltkarte bestand aus nichts anderem als aus einer Ansammlung von Bistümern oder Diözesen, wie die kirchlichen Provinzen in Anlehnung an einen Terminus technicus aus der römischen Militärverwaltung offiziell hießen. Die ganze Welt gehörte also in irgendeiner Weise zu Rom, selbst die Sahara war in mehrere Diözesen aufgeteilt, ohne einen weißen Fleck.

Franz Sales zeigte mir eine Karte von Nordafrika mit den Verhältnissen von 379. Er konnte sämtliche Städte und Siedlungen seiner Diözese aufsagen, und zwar mit den alten Namen. Er hatte schon eine Schattenregierung, in pectore, alles war vorbereitet für einen feierlichen Einzug, bis hin zu den Gewändern. Gott ist kein Ding unmöglich auf der Welt, dachte er. Franz Sales unterstand nur dem Erzbischof von Carthago, ebenfalls einem Titularamt, aber seit der gescheiterten Afrika-Expedition Mussolinis vakant, und dem Heiligen Stuhl, in Liebessachen aber der Madonna, die gleich mehrfach anwesend sein Zimmer füllte – – – und vielleicht mir.

Bald war mir klar, daß ich ihn darüber hinaus nicht verstehen würde. Aber dazu waren wir nicht auf der Welt, in Rom.

Bald saß er oftmals bei uns in der Bibliothek und schaute uns beim Lesen zu, so wie eine Großmutter ihren Enkeln beim Spielen zuschaut. Und auch, wenn wir am selben Ort *Federball* oder *Räuber und Gendarm* spielten, schimpfte er nur zu Beginn, uns von Anfang bewundernd, am Ende hob er sogar die Bälle für uns auf und suchte sie mit einer Leiter zwischen den Folianten ...

Wenn wir nicht *Federball* oder *Räuber und Gendarm* (das sich über die ganze Etage unseres schloßähnlichen Gebäudes hinzog) spielten (wir waren immerhin schon 21 und aus dem ersten Spielalter heraus), lasen wir uns gegenseitig aus dem Codex Iuris vor, freilich in seiner deutschen Fassung, die schon durch ihre Übersetzung bis zur Unverständlichkeit lächerlich war. Aber wir (er und ich, nicht Franz Sales, der ja schon über die meisten Vorrechte verfügte) waren doch ergriffen. Abwechselnd lachten wir laut oder waren bis zur Gänsehaut ergriffen, wenn wir im Kirchenrecht etwa von den Privilegien eines Kardinals lasen, dem allein es zusteht, auf hoher See zwei Messen am Tag zu lesen, dem übrigen Klerus stand nur eine Messe pro Tag auf hoher See zu. Außer dem Papst natürlich und den weiteren drei sogenannten *Großen Patriarchen*, die auf hoher See, was die Messen angeht, keinerlei Einschränkung unterworfen waren. Die sogenannten *Kleinen Patriarchen* (von Lissabon, Venedig und Goa) allerdings hatten diesbezüglich keinerlei Vorrecht, sofern sie nicht den Kardinalshut trugen, was mit dem Amt des Patriarchen von Venedig seit 1719 und mit dem des Patriarchen von Lissabon seit 1846 automatisch verbunden war, lasen wir.

Davon träumten wir doch? War das nicht unser Ziel? Was ein sogenannter vernünftiger Mensch irrsinnig genannt hätte, schien uns geistlich und gottgefällig. Wir glaubten uns auf dem Weg Gottes.

Dabei wäre es doch das einfachste gewesen, in unserer Freizeit zu den Frauen (oder Männern) an der Via appia antica hinauszufahren, so wie die anderen, so wie man das immer schon machte. Ein Auto hatten wir doch, und sogar Liegesitze! Statt dessen schlichen wir in der Gegend des Pantheon mit ihren kirchlichen Konfektionsgeschäften von einem Schaufenster zum andern, mit ihren hohen und höchsten Mitren, Bischofsstäben und Ringen, mit ihren hohen und höchsten Meßgewändern, die uns in allen Farben des Kirchenjahres entgegenleuchteten. Wir betraten auch manches Mal ein solches Geschäft, obwohl wir offensichtlich noch keine Kardinäle waren und noch nicht einmal als Sekretäre eines solchen gelten konnten. Dies geschah alles hinter dem Rücken von Franz Sales, der ein solches Auftreten (weil es uns aufgrund des Codex Iuris gar nicht zustand) niemals geduldet hätte, ich weiß. Drinnen standen die Herren Verkäufer, die ebenfalls einen päpstlichen Titel führten, den ich vergessen habe. Nur *vorne,* das heißt: in den vorderen Räumlichkeiten bedienten fromme Laien mit hochkatholischem Leumund, *hinten* aber bedienten geweihte Verkäufer (Priesterweihe). Schließlich paßten sie hohen und höchsten Würdenträgern, angefangen mit Provinzbischöfen aus Schwarzafrika bis hinauf zu den Kardinälen der Päpstlichen Familie (das waren die Kurienkardinäle, aber auch alle Bewohner des päpstlichen Palastes, sogar die Küchennonnen, und auch Franz Sales) Ober- und Unterwäsche an, die diversen Unterröcke, die in konzentrischen Kreisen um den geistlichen Leib getragen wurden und noch von Michelangelo entworfen worden waren. (Michelangelo war ja auch der größte Modeschöpfer seiner Zeit.) Da konnte man nicht einfach einen Verkäufer von der Straße oder gar eine Frau in ein solches Geschäft hineinstellen. Wir träumten, ich träumte davon, später einmal solche Dinge zu tragen. Uns stand ja als Seminaristen des Päpstlichen Collegiums De Sacra Propaganda Fide die Farbe Purpur zu. Mein Haus trug ein purpurnes Oberteil, das Unterteil war gewöhnliches Schwarz. Aber dennoch wurde ich von ganz Unkundigen immer wieder für einen Kardinal gehalten. So jung und schon Kardinal! wurde manches Mal hinter mir hergeflüstert. – – Ich genoß es. Dieses alles ist aus mir verschwunden, als ob es, als ob nichts, gar nichts gewesen wäre. Erinnerung, Advocatus diaboli meiner Gegenwart!

Alle, die mein Leben in der Ewigen Stadt bezeugen könnten, sind verschwunden.

Clemente Kardinal Buffi ist auch verschwunden. Keinen liebte ich so wie ihn. Einmal habe ich ihm den Ring küssen dürfen, Franz Sales hat es vermittelt. Ich mußte mit ihm dafür zwei Tage nach Nettuno (deutsch: Neptun) fahren. Man sieht, wie unsinnig mein Leben war. Ich war auf dem besten Weg zum Theater...

Auch seine höchste Aufgabe war es, den Heiligen Vater zu wecken. Das heißt: er wurde vom Papst gerufen, ihn zu wecken, nachdem dieser erwacht war, dies alles nach dem streng vorgeschriebenen, altpersischen Zeremoniell. *Er wecke Uns!* lautete die Formel, freilich in Hauslatein. Naturgemäß war Buffi als päpstlicher Stallmeister auch der erste, der den päpstlichen Tod feststellte und den Fischerring zerbrach. Das silberne Hämmerchen dazu mußte Kardinal Buffi immer mit sich führen. In der Nacht des päpstlichen Todes (ich nehme an, daß es dabei Nacht ist) meldete Buffi den Tod des Stellvertreters Gottes! Das war bisher nur einmal vorgekommen, ein Ereignis, das neben der Krönung der Höhepunkt jedes Pontifikats war. Bald wußte ich all diese Einzelheiten.

Bald wußte ich, daß Kardinal Buffi aus kleinstem Anlaß, zum Beispiel nach der Genesung von einem Schnupfen, tausend (1000) Dankkarten verschickte, um sich Stimmen im Konklave zu sichern, bei der Papstwahl. Auch noch die Haushälterin und der Chauffeur einer papstwahlberechtigten Eminenz wurde zu Namens-, Geburts- und Todestag (der Eltern) mit Anteilnahme von Buffi bedacht; er verfügte über die größte Datenkartei in der Ewigen Stadt. Zehn Priester waren allein damit beschäftigt, Glückwunsch- und Genesungsschreiben zu versenden. Er verfügte über die ersten Computer Roms. - - - Weil er Papst werden wollte, wie ich, Stellvertreter Gottes auf Erden. Aber er hat es ebensowenig geschafft, obwohl er schon viel weiter war als ich, der immerhin auch ein ganzes Stück vorangekommen war... Nach Rom hatte ich es immerhin geschafft! – Was für ein herrlich-glattes Gesicht! Nicht der Schatten einer Falte! Göttliche, sorgenfreie Miene, die zu

Zeiten so besorgt dreinschauen konnte wie nicht einmal der Heilige Vater, so sehr sich dieser auch anstrengte und am Papstkreuz festklammerte. Kardinal Buffi hatte ich auch wiederholt im *L'eau vive* gesehen, war ihm dort als Begleiter von Monsignore Obernosterer wohl auch aufgefallen. Dieser junge Herr – wer ist dieser junge Herr? Nun ja, das war ich. Buffis Sekretär kam gleich unter einem Vorwand an unseren Tisch und bestellte uns zu einer Privatmesse in seinen Palast an der Via della Conciliazione. Das *L'eau vive* war übrigens das kirchliche Feinschmeckerlokal. Auf dem Nachhauseweg (durch den Circus Maximus) wurde ich dann noch zusammengeschlagen und ausgeraubt (damals schon!), aber im *L'eau vive* war ich gewissermaßen der geistliche Mittelpunkt. Alle schauten zum Tisch von Monsignore Obernosterer, an dem nur er und ich saßen. Von verschiedenen Tischen wurden Einladungen zu Privatmessen herübergereicht, die Franz Sales alle an sich nahm, sich süß – oder eher säuerlich – bedankend. Ich habe nichts mehr von diesen Einladungen gehört. Nur Kardinal Buffi insistierte. Ich beobachtete, bewunderte ihn, schließlich betete ich ihn an. Wie er die Speisen zu sich nahm! Wie er den Wein trank! Es gab ja keine Speisekarten. Die *L'eau-vive*-Nonnen (das Lokal bestand nur aus geistlich-weiblichem Personal) flüsterten die Leckerbissen des Tages ins Ohr des Sekretärs, dieser gab alles ins Kardinalsohr und so weiter. Alle tot ...

Rief ich Franz Sales am Sonntag nach der Messe an und fragte ihn: *Was machst du heute?* antwortete er *Gulasch!*

Aber die Italiener beherrschen doch nur den *primo piatto!* wandte er schon bei unserem ersten gemeinsamen Lokalbesuch in einer Trattoria in der Nähe des Elefantenbrunnens ein, niemals aber den *secondo piatto!:* er verwies mich schon ganz zu Beginn meines römischen Lebens auf den verbrannten Fisch auf meinem Teller und auf das mißglückte, *milanese* genannte Wiener Schnitzel auf seinem. Franz Sales sprach von der Weltherrschaft der Nudel ...

Slipi war nicht so. Der Großerzbischof von Lemberg, der ein Leben lang – vergebens – auf die Ernennung zum Patriarchen der Ukraine wartete (nachdem sich der Vatikan von ihm schon die einmalige Konstellation eines *Groß-Erzbischofs* hatte abringen lassen), saß in den Papstmessen herum, in der ersten Reihe, ohne hinzuhören, mit mehreren Kreuzen, Ketten und turbanartigen Mitren ausgestattet – und keine fiel herunter. Wir hörten immer wieder, daß der Heilige Vater ihm gegenüber nicht günstig gestimmt war, nicht nur, weil Slipi während der päpstlichen Ansprachen in seinen Gebetbüchern blätterte, kein Wunder, denn Italienisch verstand Slipi, der in Rom im Exil lebte, überhaupt nicht. Das hatte die Kirche nun davon, daß sie, selbst im Petersdom, auf Provinzsprachen umgestellt hatte! Auch *in der Sache* war der Papst gegen den Großerzbischof. Slipi war ohne jede Aussicht auf ein Patriarchat. Das traurige Beispiel von Kardinal Mindszenty hätte ihn schrecken müssen und tat dies wohl auch. Der war von einer Nacht auf die andere als Primas von Ungarn abgesetzt und nach Wien verbannt worden, dies mit 83 Jahren, und warum, weiß ich nicht, aber es geschah und stand in der Zeitung. So konnte doch nur Rom handeln oder ein anderes totalitäres System –, aber selbst die Sowjetunion mußte damals auf ihre Dissidenten mehr Rücksicht nehmen als Rom auf einen alten, ausgebooteten Kardinal. Vielleicht starb der Heilige Vater eines Tages aus Gram darüber, daß Slipi in seinen altslawischen Gebetbüchern las, während er in seinem norditalienischen Akzent predigte. Schon mit 85 starb dieser Papst, wo doch das statistische Papstlebensalter seinerzeit mit exakt 89 Jahren, 5 Monaten, 3 Tagen, 4 Stunden, 26 Minuten und 3 Sekunden errechnet worden war. All dies (auch im *L'eau vive* hatte man ihn nie gesehen) interessierte Slipi überhaupt nicht. Und mich? Ich war von einem Käfig in den anderen geraten – oder wie unsere Schweine von einem Schweinekoben in den nächsten, bis hin zur Schlachtreife.

Derweil reiste Casaroli, *eine der schlimmsten Figuren des zwanzigsten Jahrhunderts* (Franz Sales), in der Weltgeschichte herum. – – – Aber ich hätte Franz Sales filmen wollen, wie er sich vor Casaroli – schon von ferne – verneigte und verbeugte und verbeugen *mußte,* laut Hofzeremoniell, und verbog: einen Haltungsschaden hatte Franz Sales auch noch. Er konnte gar nicht mehr aufrecht stehen, das kam bei ihm nicht nur vom vielen Essen. Es kam auch von den Verbeugungen. Gewiß war er auch zu dick, um aufrecht hinzustehen und sich ohne Verrenkungen zu verbeugen, und dennoch mußte er sich immer wieder verbeugen, auch vor Casaroli, denn er war noch nicht ganz oben, war nur im Rang eines Bischofs, aber kein residierender, nur Titular- einer längst verwaisten Diözese am Saharaland. Franz Sales, der bei seinen Verbeugungen gar nicht beachtet wurde und dieses Nicht-beachtet-Werden auch nicht sah oder sehen konnte, da er, nach unten gekrümmt, nur seine Bauchbinde und sein Schuhwerk sehen konnte – oder lieber gleich die Augen schloß –, Franz Sales verbeugte sich immer wieder, schnaufend und schnaubend. Das gehörte zum römischen Verbeugungsritus, der noch aus dem altpersischen oder altägyptischen Hofzeremoniell stammte. (Der römische Ritus war ja ein Gemisch aus altrömischem, altpersischem, ja altchinesischem Zeremoniell.) Der eine *mußte* sich zwar verbeugen, der andere *durfte* aber gar nicht hinschauen, ging an ihm achtlos vorüber und *mußte* so an ihm vorübergehen. Das war vorgeschrieben. Der eine hatte aber das Recht, den anderen zurückzustoßen, ja umzustoßen, ganz wie er wollte – –, ein Vorrecht, von dem Rom allerdings seit Pius IX. († 1878) keinen Gebrauch mehr machte. Franz Sales drohte jedesmal umzukippen. Das war auch schon tatsächlich vorgekommen, schadete ihm aber nicht weiter, da dies, was ihm als Schwäche und Untauglichkeit hätte ausgelegt werden müssen, niemand von der Päpstlichen Familie bemerkt hatte. Es war, einmal so weit nach oben geschritten wie Franz Sales, die schwierigste Hürde nach ganz oben, bei diesen Verbeugungen nicht umzukippen. Und die höchsten Kardinäle, befragt, was denn – außer der Gnade, die ich hier voraussetze – an eigenem Anteil das schwerste war, nach oben zu gelangen, antworteten immer gleichlautend: es waren die Verbeugungen, der Schwindel, bis hin zum Sich-Übergeben, die Angst, umzukippen und das Umkippen selbst, ohnmächtig vor den höchsten Würdenträgern auf dem Boden zu liegen, allein wegen der Vorschrift, der Verbeugungsvorschrift aus dem altpersischen Hofzeremoniell, die besagte, der Kopf müsse bis zum Schoß hinunter. Und während auf der ganzen Welt dieses Zeremoniell abgeschafft ist, hat es sich in Rom gehalten und lebt weiter.

Dies alles zu meiner Zeit. Ich hatte mich bald in meinem Collegium mit all seinem Gepränge eingewöhnt. Das spricht doch für meine Resistenz und meine Stärke (trotz Asthma und allen vegetativen Dystonien). Aber was blieb mir anderes übrig auf der Welt? Bis vor kurzem war ich ja noch Sonntag für Sonntag in Schwackenreute gewesen, der Mostonkel drängte uns (als Quasi-Höhepunkt dieser Fahrten) in den Stall und wies auf seine prämierten Tiere mit den Plaketten an den Stalltürchen. Jetzt saß ich beim Sonntagsdiner oftmals neben Kardinal Furstemberg. Unser Monsignore hatte die Angewohnheit, *bunt zu mischen*, wie er sagte, das heißt: neben ein hohes Tier ein junges zu setzen, übersetze ich. Gerade am Sonntag, wenn Mario, der Tischdiener und Chauffeur unseres Herrn, bei seiner Familie war (das einzige Mal in der Woche, sonst war er bei uns), kam oftmals ein hoher Gast zum Essen. Dann mußte einer von uns Mundschenk spielen. Die Wasserkanne wird aber nur auf Anordnung gereicht! wurde ich von Monsignore eingewiesen. Man bietet den Gästen kein Wasser an! (Begründung: daß es bei der Hochzeit zu Kanaan auch kein Wasser gegeben habe.) Es kamen auch hochgestellte Gäste, die gar nicht mehr wußten, wo sie waren, die nach Wein verlangten, denen ich Wein einschenkte: *Was für starke Arme!* riefen sie bewundernd aus oder auch *Wie ungeschickt!*, wenn mir etwas aus der Hand fiel. Zitterte ich? Von diesem Haus, von der Ewigen Stadt, von der Theologie sind mir vor allem die Essen in Erinnerung geblieben, als ob es zu Hause nichts anderes als Speck gegeben hätte! War ich, was das Essen und die materielle Versorgung angeht, nicht schon von zu Hause her verwöhnt? Hatte ich nicht alles, was ich wollte, und mehr, als ich brauchte? Ein Fahrrad, bevor ich Fahrrad fahren konnte, ein Motorrad, bevor ich den Führerschein hatte, und schließlich ein Auto, um in die Schule – diese Schule – zu fahren, zu einer Zeit, als die anderen noch nicht einmal zum Führerscheinunterricht angemeldet waren. In unserem Collegium auf dem Aventin war jedoch alles um das Essen herum angesiedelt: selbst noch die Gebete, die Tischgebete, schienen Zutat, ein weiterer Gang, ein Zwischengericht zu sein. Nach dem Schlußgebet folgte die Zigarrenkiste (man ließ nur das eine Laster aus), und vor dem ersten Tischgebet war schon ein Aperitif gereicht worden, im Salon des Monsignore, aber nur sonntags. Monsignore ist auch tot. Das habe ich den Zeitungen entnommen. Er war noch, kurz bevor er sich zur Ruhe setzte (mit 81), zum Kardinal ernannt worden und dann gestorben. Alles war Seide an ihm, er hatte eine Vorliebe für schwarze Seide, wie Franz Sales, und auch eine Vorliebe für mich und meinesgleichen.

Er war ein wunderbarer Mensch in meinem Leben, ich verdanke ihm viel, der Reihe nach: den Rotwein, den Weißwein, die Jakobsmuschel, die Gänseleber, die Madeirasauce, den Riz Kasimir, das Filet Stroganoff, den Gourmetlöffel ...

Nur dem Rotwein bin ich treu geblieben. Es wird Zeit für ein anderes Thema. Zu unserem Haus gehörte in den Sabiner Bergen ein Weingut, von da der Wein. Von da die Müdigkeit, die mich am frühen Nachmittag, zur Zeit des Mittagsdämons, überfiel, so daß ich mich seit Rom auch noch mittags ins Bett lege. Seit Rom – es hat den Anschein, als ob Rom mein Leben verändert hätte.

Soviel zum Essen und Trinken.

Auf der Dachterrasse unseres Hauses (zwischen dem überfüllten Polenseminar und dem Lateran) auf und ab spazierend, mit einem geistlichen Buch, nehme ich an, sah ich bald mein erstes Liebespaar, live, eine Art Live-show, wie ich sie später nicht professioneller sah: sie lagen unten, in einem Graben vor meinen Augen – una cosa terribile! Ich verließ die Dachterrasse, die Begegnung mit dem Unaussprechlichen zwang mich ins Bett, das ich zeitlebens mit *einem* Menschen nicht teilte. Das, das Bett, war der gewöhnlichste Ort meiner Einsamkeit. Nachts parkten die Cinquecentos unter meinem Fenster, die Lust drang bis zu mir in den dritten Stock, bei den Menschen unter mir verflog sie bald. Ein gnädiges Schicksal gab es, daß ich immer gleich einschlafen konnte. Auf dem Weg zur Päpstlichen Universität rutschte ich manches Mal auf den Parisern aus, die auf dem Gehsteig vor dem Seminar lagen, so verträumt war ich. Das hatten wir nun davon, daß wir in einer dermaßen feinen Gegend wohnten; in einer parkähnlichen Landschaft lebten wir, daß halb Rom in seinen Cinquecentos zu uns kam und sich vor unseren Augen liebte. Lucy: sie sprach immer von: *eine freie Existenz führen.* Jetzt verstand ich sie.

Schon die Sonnenbrillen der hohen Geistlichen waren ein scharfer Kontrast zu meinem bisherigen Leben. Die höchsten Würdenträger waren von gewöhnlichen Mafiosi nicht zu unterscheiden, für mich. Zumal, wenn sie auf ihren Tribünen saßen, bei den Messen unter freiem Himmel, auf dem Petersplatz, zusammen mit dem zum Hofdienst verpflichteten römischen Adel, mit den Militärs und mit den gewöhnlichen Mafiosi. Als Bischöfe, Kardinäle, Päpste verkleidete Bischöfe, Kardinäle, Päpste ... *Der Kommunismus ist eine Eintagsfliege vor Gott und seinem Stellvertreter!* trumpfte Franz Sales manches Mal auf, ich glaubte ihm. Warum konnte ich damals nicht darüber lachen?

Franz Sales hat mich in alles eingeweiht, was er *Geheimnis* der Kirche nannte. Heute bin ich eher geneigt, *Unsinn* dafür zu sagen – oder *heiliges Theater*. Der Heilige Vater! Laut Hofzeremoniell mußten ihm die katholischen Könige, also nicht nur die spanischen mit dem entsprechenden Titel, *alle* katholischen Könige, sofern es sie noch gab, und darüber hinaus alle Souveräne huldigen. Der Heilige Vater war ja nicht nur der Stellvertreter Gottes, das konnte im Grunde jeder sein und war jeder, sondern er war König der Könige. Laut Hofzeremoniell taten dies freiwillig (und waren hierin durch geheime, aber regelmäßige, im Kirchenrecht vorgeschriebene Ad-limina-Besuche auch geübt): der König von Spanien, der König von Belgien, der Großherzog von Luxemburg, der Fürst von Liechtenstein, der Fürst von Monaco, der (neuerdings in die Liste aufgenommene) König von Tonga. Die Apostolische Majestät Zita von Österreich kam bis zu ihrem Tod auf eigenen Wunsch, an sich hatte sie seit Madeira eine Dispens. All dies konnte ich bald auswendig aufsagen. Für Franz Sales gehörten diese Dinge zu den zentralen Wahrheiten der Kirche, gewiß zentraler als die ohnehin vagen Aussagen zur Auferstehung der Toten etc. Franz Sales fragte mich auch bald ab, er prüfte mich, ob ich die katholischen Souveräne auch alle aufsagen konnte; und zwar in der richtigen Reihenfolge, vorwärts und rückwärts. Auch die ausgefallenen mußte ich aufsagen können, also jene, die es zweifellos auch gab und die die Hoheit des Papstes leugneten. Auch die Abtrünnigen waren dem Heiligen Stuhl unterworfen; und dies, selbst wenn sie es gar nicht wissen sollten oder gewußt hätten; und das ist bis zum heutigen Tag so. Ich weiß nicht, ob sich die abgefallenen Souveräne dem Zeremoniell des Heiligen Stuhles gemäß hätten verhalten können, waren sie doch gewiß nicht in Übung. Die Pflicht bestand jedoch, auch für die Königin von England (die *Gegenpäpstin*, oder einfach: *die Päpstin beziehungsweise Papula, das Päpstlein*, Franz Sales), die Königin von Holland, sie bestand für die skandinavischen Häuser, auch wenn sie nicht kamen, sie galt auch für den damals noch regierenden Schah von Persien, König Idris von Libyen, für den von Mohammed abstammenden Hassan von Marokko, für den von der Sonne abstammenden Kaiser von Japan und so fort – – –, ob sie dies nun wußten oder nicht. Denn laut Kirchenrecht war die ganze Welt, gerade in den weltlichen Dingen, dem Heiligen Vater unterstellt. Es gab nur Abfall oder Nichtwissen dieser Wahrheiten. Ich staunte, als ich das erste Mal davon hörte. Aber Franz Sales, der diese Wahrheiten *zu Ende gedacht* hat, wie er immer wieder versicherte, hätte an mir gezweifelt, hätte ich an ihm (und seiner Hierarchie der Wahrheiten) gezweifelt. Also fragte ich nicht mehr im großen und ganzen, sondern nur noch in den Details, welcher Art die Verpflichtungen der Welt dem Heiligen Stuhl gegenüber wären, und ließ mir interessante Einzelheiten erklären: Selbst die Größe des Gliedes eines neugeborenen Thronfolgers mußte, laut Kirchenrecht, noch nach Rom gemeldet werden. Und der Heilige Stuhl besteht darauf! ließ mich Franz Sales wissen. All dies gilt bis zum heutigen Tag, ich möchte nicht alles preisgeben ...

Der Unsinn hatte Hand und Fuß. Eines Nachts nahm mich Franz Sales in die Sixtinische Kapelle mit, um mir die Bilder Adams bei Nacht zu zeigen, *es sind ja Nachtbil-*

der, sagte er, *Michelangelo hat sie für die Nacht gemalt!* Die Bilder Adams: der erste war auch gleich der schönste, ein Wunder, kein Wunder! frisch nach der Schöpfung. Ja, die Kapelle sei schöner als die Schöpfung selbst, sagte er, hätte der dumme Michelangelo nicht auch noch die Architektur hineingemalt, die barbarische Renaissance-Architektur. Franz Sales hatte ja überallhin einen Schlüssel. Daß der Heilige Vater durch unsere Taschenlampen möglicherweise aufgeschreckt wurde – er lag doch gleich neben der Kapelle! –, störte Franz Sales nicht, im Gegenteil. Die Kurie drangsalierte bisher jeden Papst, um den Pontifikat zu verkürzen, meist wenig erfolgreich. Es gab ja ein kuriales Sprichwort: Das Ende eines Pontifikates ist so sicher wie das Amen in der Kirche, und doch mußte man in Rom auf den sogenannten natürlichen Tod des Stellvertreters in der Regel unverhältnismäßig lange warten.

Franz Sales mißfiel die Architektur dieser Kapelle, ganz zu schweigen von den Hosenmalern. Er war *gegen* die Hosenmaler. Hierin unterschied er sich von der offiziellen Linie.

In der Ewigen Stadt bin ich auch Benvenuto begegnet, dem Sekretär von Franz Sales, den ich für dieses Leben auch aus den Augen verloren haben dürfte. Franz Sales hatte ihn aus dem Süden zu sich in sein Vorzimmer geholt. Aus ärmlichsten Verhältnissen Pescopaganos, wurde er bald nach dem fünften Lebensjahr der Kirche übergeben. Tatsächlich hatte es Benvenuto geschafft, einen Platz auf der untersten kurialen Ebene zu bekommen, *noch bevor sein Arsch nach unten fiel* (Redensart aus dem Viehhandel oder chinesisch). An dieser Stelle war Franz Sales auf Benvenuto gestoßen. Obwohl beide etwa einer Generation angehört haben dürften, so hielt man sie doch für ganz verschiedenen Zeiten, ja Welten zugehörig. Franz Sales hatte nicht viel von Benvenuto: das einzige, was er von ihm hatte, war, daß er nichts von ihm hatte. Ich wußte es, konnte aber auch nicht helfen. Es wurde ja niemals über diese Dinge gesprochen.

Dennoch half es nichts, daß wir unsere Soutanen bis ganz unten zugeknöpft hatten (wie es ja auch Vorschrift war) und, ohne dies miteinander abzusprechen, mit fettigem Haar und manchmal sogar ungewaschen, mit unserem eigenartigen Körpergeruch an Franz Sales herantraten und ihm irgendeine Dummheit ins Ohr sagten, die mit Liebe nichts zu tun hatte. Es half nichts, auch wenn wir uns in den Andachten immer so setzten, daß wir in unseren weiten Soutanen kein Ärgernis für ihn sein konnten. Wir waren doch eines. Auch wenn man sich kaum denken konnte, auch wenn man sich ausdenken mußte, daß da noch etwas war, da, hinter den dreiunddreißig Knöpfen, so sehr waren wir zugeknöpft; und jeder Knopf bedeutete ein Jahr im Leben unseres (damals dreiunddreißigjährigen) Erlösers. Beim Hinknien und Aufstehn konnte man unsere Körper kaum ahnen. Ja, nicht einmal beim Sitzen sah man etwas von uns, so geschickt hatten wir uns drapiert, solche Soutanen hatten wir gewählt, um ja kein Ärgernis zu erregen, schon gar nicht im Gottesdienst.

Wir wollen nicht vom Altar ablenken und den Menschen, der hinter uns saß, mit unserem Nacken oder mit der Form unseres Hinterteils verwirren. Das waren unsere Überlegungen. So verging unsere Zeit. Währenddessen biß Franz Sales wohl manches Mal in sein Kopfkissen, aus Gram darüber, und über alles. Selbst bei den höchsten Andachten drehte sich der dickleibige, arme Mensch nach uns um, immer unter heftigen oralen Automatismen, grimassierend. Liefen wir an Franz Sales vorbei zusammen zur Kommunion, wandte er sich mit einem Ruck gegen uns, reihte sich hinter uns ein, obwohl er schon kommuniziert hatte. Stand er, heftig atmend, neben uns an der Kommunionbank, grimassierte er gegen uns und von uns weg, spielte mit seinem Gebiß, schob die untere Prothese in kurzen und heftigen Bewegungen immer wieder nach vorne, schob sie mit der Zunge zwischen seine Lippen und biß sich fest – – – aber alles sehr gekonnt, ohne daß etwas herausfiel.

Es war ja gar nichts mit uns, wir spielten doch nur zusammen Federball in der Bibliothek! Und daß wir uns bei den Papstmessen sahen, und auch, daß wir uns sahen, konnte er nicht verhindern. Du siehst, wie unnütz mein Leben in Rom war...

Ich hätte ihm gegenüber ja auch einmal *reden* können, mit der Wahrheit kommen, auch wenn sie in diesem Fall nur eine Vermutung, eine Theorie, möglicherweise eine Lüge gewesen wäre: ich hätte ihm gegenüber behaupten können, daß ich schlecht im Bett sei, und wie schlecht; hätte ihn warnen können, wie es wehtat, wie es *biß* – – – eine Drohung, die ich zeitlebens immer wieder einsetzen mußte, nicht immer mit Erfolg. Er hätte meine Sprache in diesen Dingen nicht verstanden. Wir waren damals noch sprachlos. Wir armen Schweine wollten *rein* bleiben, mit diesem Floh im Ohr lebten wir. Das war unser Opfer, unser Anteil an der Rettung der Welt... Andere arbeiteten daran und lebten, wir opferten und beteten. Andere liebten, wir flohen. Die Liebe gab es ja, sie war Dynamit, rein theoretisch, bis zum Zusammenbruch, bis zur Explosion.

Dennoch *trachtete* F. S. nach uns, er konnte uns abwechselnd *Engel* und *Satan* nennen. Einen anderen Wortschatz hatte F. S. dafür nicht, das arme Schwein. Nur in Rom waren diese Wörter, *trachten* etwa, noch zu Hause, auch *widersagen* und andere Fügungen.

Mein Trieb- und Gebetsleben lief nebeneinander her. Mein Leben – ich versteckte mich mit ihm in meiner Soutane. Es gab mich nach außen hin, gegen das Leben hin nicht. Ich war nicht außer meinem Schwarz und Rot.

Aber es gab mich doch, *er, es* bewegte sich doch. Dieselben betenden Hände rutschten gelegentlich nach unten, aber nur, wenn es ganz dunkel in mir war, sage ich zu meiner Verteidigung. Und dann die Nachtgespenster. Mit dieser Welt hatte ich nichts zu tun und wollte nichts zu tun haben, so sehr nicht, daß ich davor nicht schlafen konnte. Dann fielen mir auch noch die Verbrannten ein, die *von uns* Verbrannten, und ich hatte gehört, daß auch im Islam darauf der Tod stand: drei Todesarten: den Kopf vom Leib, Steinigen oder Hinabstürzen von einem hohen Ort ... Hatte sich das Gott ausgedacht? Hatte sich das wirklich ein Gott ausgedacht? So lag ich in meiner Sünde, und Nachtgespenster machten sich über eine arme Seele her, bis ich an einer unbedachten Stelle vor Erschöpfung einschlief. Am anderen Morgen hatte ich glücklicherweise alles vergessen, und es konnte weitergehen mit mir.

Was war mit Franz Sales? Zuzeiten hatte er wohl Phantasien, die einem Heiligen würdig waren. Wallfahrten bis ans Ende der Welt, alles zu Fuß, bei seiner Statur!, er träumte wohl von Martyrium, Weltrettung und Apotheosen. Dann aber war er, sage ich heute, so schlagartig, so unbeschreiblich geil, daß er in diesem Zustand das Schlüsselloch ausgeleckt hätte, hinter dem sich das Leben vor ihm verbarg. So war es ja auch bei den Heiligen, zumal bei den größten. Ich wußte, daß der heilige Johannes vom Kreuz bei seiner Vision mit einer Erektion herumlief oder -lag, wie alle Mystiker bei ihren Visionen – die *Ekstase der heiligen Teresa* (von Bernini) hatte ich selbst gesehen ...

Spät erst wurde das Wort *Wüste* in die deutsche Sprache eingeführt. Die ersten Bibelübersetzer kannten das Wort *Wüste* noch nicht. Sie sagten *sinwald* – Urwald, für die Zeit, die Jesus in der Wüste verbrachte. Unsere Vorfahren kannten das Wort Wüste und die Wüste selbst noch nicht. Erst später wurde die Wüste erfunden. Wüste – sagt es nicht alles? Braucht es noch ein neues Wort?

Warum Franz Sales so gegen die Italiener war, weiß ich

auch nicht. Die Tatsache, daß er Schuhgröße 48 trug, konnte doch nicht genügen. Die italienische Abneigung gegen den großen Fuß und Schuh: dafür mußte Franz Sales bis nach Bozen hinauf, oder am besten noch darüber hinaus fahren. Das auch noch mit seinen Hühneraugen!, einer Erscheinung, die mir seit den Schrott-Weibern nicht mehr begegnet war, und heute, da ich dies erinnere, mir abermals vollkommen fremd ist. *Hühneraugen?* Was ist das für ein Wort? In Rom wurde er wegen seiner großen Schuhe, in denen seine großen Füße und die Hühneraugen steckten, wahrscheinlich verachtet. Die Italiener mögen den groben deutschen Fuß nicht! Von allem, was deutsch ist, verachten sie diesen Fuß und die dazu gehörenden Schuhe am meisten! *Und keiner weiß es!* ergänzte Franz Sales, weil es in keiner Zeitung steht und auf keinem Staatsbesuch zur Sprache kommt. Nur die guten Beziehungen kommen zur Sprache, nicht aber der Ekel vor diesem großen Schuh und Fuß. Und auch ein Bundespräsident, der alles weiß und überall dabei war, weiß davon nichts. Man müßte es ihm einmal sagen, damit er es bei einem Staatsbesuch zur Sprache bringt. Franz Sales aber wußte von diesem Abscheu und schaute deswegen auch gar nicht bis zu seinen Füßen hinunter.

Ich selbst habe in ganz Rom kein einziges orthopädisches Geschäft entdeckt und habe niemals einen Rollstuhl gesehen, nur, nur, nur Designerschuhe und Designerstühle. Wer in Italien diese Schuhgröße hatte, galt als krank und mußte zur Strafe zu Hause bleiben oder barfuß ins Leben ...

Das ist wahr.

Keine einzige orthopädische Werkstatt in Rom! Kein Schuh für Franz Sales – und dies, wenn man bedenkt, daß Italien in Schuhen Marktführer war und ist.

Non siete Romani! warf er den Römern vor. Den Irrglauben, von den Römern abzustammen, habe ihnen noch einmal Mussolini eingeimpft. *Der Italiener* glaubt ja, er habe die Kartoffel erfunden! Den Kompaß ohnehin! – und Amerika entdeckt!

Seitdem seine Mutter gestorben war, hingen in seinem (bescheidenen, nachlässigen, für ihn gleichgültigen) Zimmer nur noch Mutterphotographien herum, verschiedene handsignierte Photos verschiedener Päpste. Ach, von seinem Leben habe ich nie viel erfahren.

Schon im Mai fuhren wir nach Ostia hinaus. Die Dünenmargeriten blühten. Wir lagen nebeneinander gegen das Meer hin. Franz Sales haben wir nur einmal mitgenommen. Er wollte mitkommen, mit uns im Meer schwimmen, wie er sagte. Aber dann ging er nicht einmal mit den Füßen ins Wasser, ja, er zog sich nicht einmal aus, worüber uns ein Stein vom Herzen fiel, saß nur die ganze Zeit auf halber Höhe, einem Campingstuhl unter einem Sonnenschirm, mit seiner Sonnenbrille, um uns herum. So saß er im Sand, in seinem Ornat, eine Tante, die auf die Kinder aufpaßt. Gingen wir ins Wasser, hatte er Angst, daß wir nicht zurückkamen. Kamen wir zurück, atmete er wie ein Geretteter auf. Etwas später machte er uns die schwersten Vorwürfe und ließ das Wort *Todesangst* fallen.

Ich hatte meine Hebräischgrammatik dabei und drehte mich von Zeit zu Zeit von der einen auf die andere Seite. Franz Sales drehte sich mit.

Es dauerte anderthalb Jahre, bis ich *Franz Sales* sagen durfte. Und in der Öffentlichkeit mußte ich bis zuletzt *Exzellenz!* zu ihm sagen. Armes Schwein! Was für eine traurige Erscheinung warst du mir auf diesem Campingstuhl!

Ach, zu allem wurden wir auch noch vollkommen falsch ernährt in Rom ... Dies gerade im Blick auf *unser geistliches Ziel*. Die falsche Ernährung muß ich doch auch mitverantwortlich machen dafür, daß ich gescheitert bin. Es waren ja nicht nur die Kalorien, das Gewicht auf der Waage, von diesem Übergewicht in den päpstlichen Häusern Roms will ich gleich gar nicht reden. Ach, unsere Nonnen wußten ja nichts von Hormonspiegel und Geilheit, nichts von der Geilheit, die über die Speisen in den Leib kommt und, von den Speisen dirigiert, vielleicht gerade erst durch sie ausbricht. So wurden wir gefüttert, ganz *kontraproduktiv* im Blick auf unser geistliches Ziel, denn was wir so in uns hineinfraßen, waren Kalorien *und* Geilheit, die jeweils mühsam abgearbeitet werden mußten. Nur kein Salz! Und vor allem keine Eier! Niemals Schweinefleisch! sagte schon damals eine weise Küchennonne in unserem kleinen Meßkircher Spital. Sie kannte die Folgen. In Rom mußten wir uns aber auch noch damit herumschlagen, als ob genug nicht genug gewesen wäre – und keine Stunde nach dem Mittagessen kam schon der Versucher, und wir mußten uns, kaum der Gegenwehr fähig, nach einer kurzen Zeit mit ihm ins Bett legen. So etwas ging schnell. Aber um die Nachtgespenster zu vertreiben, folgte nun der Schluck aus der Cointreau-Flasche. Nachschub war kein Problem, wir hatten ja mit unserem Ausweis Zugang zum Vatikan-Supermarkt. Dieser Berechtigungsschein für den Vatikan-Supermarkt, der mitzuverantworten hat, daß es im Vatikan nun das größte *Alkoholproblem* (ein Wort aus den USA, daher als Zitat) von ganz Rom gibt.

Es ging ja nach außen hin um Geld, aber eigentlich ging es im *Istituto per le Opere religiose*, dem IOR, der Vatikanbank, zu der mir Franz Sales Zutritt verschafft hatte, um alles. Oftmals stand ich da zum Geldwechsel in einer langen Schlange am Schalter, vor und hinter unscheinbar dicken Nonnen in braunen Gewandungen (Braun, eine Farbe, die dick macht, Lucy), die mit ihren unscheinbaren Geldtaschen aus Baumwolle ankamen, den Einnahmen aus ihren Pilgerhospizen, ich erinnere namentlich die dicken Einkaufstaschen mit den Lirescheinen darin, in Zeitungspapier gewickelt, wie ausgepackt und nachgezählt wurde, nach der Methode unseres Viehhändlers, die Scheine wanderten sehr geschickt zwischen Zunge, Händen und Tisch hin und her, es muß ein Zaubertrick dabeigewesen sein, so schnell ging alles. Diese Einkaufstaschen! Die Lira war ja auch damals schon ziemlich inflationär, man bekam fast nichts mehr für dieses Geld, für 300 Lire noch nicht mal eine Mark... Ich selbst hatte kein Konto in diesem Institut, dafür war ich noch nicht Bischof oder dergleichen hoch genug, ich kam ja nur zum Geldwechseln, der Papst bot sagenhafte Kurse, die mir ein Schlemmerleben in Rom ermöglichten... Die Unkundigen halten ja den *Banco di Santo Spirito* für die Vatikanbank. Natürlich stand ich in meinem Talar in der Schlange, ich sah nur Ordenstrachten und Talare, kaum einmal eine Zivilperson. Wenn ein höheres Tier kam, mußte der Rest Platz machen: alle Rassen, schwarze, gelbe, weiße, ja rote Priester, denn die Kirche (die einzig wirkliche, die katholische, versteht sich) ist die einzige wirkliche Internationale, sagte Franz Sales. Man kam aber nicht recht ins Gespräch, die unscheinbaren Tragtaschen, das Stehen in der Schlange, das anstrengende Entree... Hatte ich es einmal geschafft, hier zu stehen, war ich lange im vatikanischen Labyrinth unterwegs gewesen. Es gab die wunderbaren Schneckentreppen für die Pferde, aber keinen Aufzug. Ich hätte mich verirrt, wären die Tragtaschen nicht gewesen, denen ich folgte, die braunen Nonnen. Irgend jemand muß hier doch zu Hause gewesen sein, und sei es auch nur der Heilige Vater, einen Pontifikat lang? Wegweiser oder gar Wandbeschriftungen, Deklarationen, wo man sich aufhielt, wovor ich stand, gab es nicht. *Das ist der alte Modus,* erklärte mir Franz Sales und brachte den Vergleich mit dem scholastischen Zitieren: keine Hinweisschilder, kein Quellenverzeichnis in den Büchern der scholastischen Gelehrten, nur keine Namen! -- *Es ist wie bei Heidegger!* verdeutlichte mir Franz Sales.

Nur zweimal in der Woche hatte ein exquisiter Kreis Zutritt zum »Institut«, noch exquisiter als der Kreis, der Zugang zum Vatikan-Supermarkt bekam. Da gab es alles, was mein Herz begehrte, ich weiß noch. Auf dem Weg zum »Institut« stand an jeder Ecke mindestens ein Soldat der Schweizergarde, auf manche Ecken kamen zwei oder mehr, damit man sich in der Tür nicht verirrte. Die Palastwachen, die Säbel, der alte Modus, keine der Türen war wohl abgeschlossen. Ein ausgeklügeltes Passagierscheinwesen beziehungsweise -system: an jeder Tür gab es eine Unterschriftenkontrolle, eine Schriftprobe, ein graphologisches Schnellgutachten, alles von höchster, undurchschaubarer Raffinesse: das war das Institut für die Religiösen Werke um 1975, das war meine Kirche, in diesen Gewölben habe ich mich damals beinahe verirrt. Die Garden werden heute durch zeitgemäßere Waffen als den glattpolierten, den glänzenden, den einfachen Säbel geschützt sein, irgendwo werden sie ihre Pistolen haben, das weite Pludergewand Michelangelos bietet Platz für vieles. Möglicherweise habe ich da auch einmal Marcincus gesehen, Gelli von der Loge P2, ohne es zu wissen, und vielleicht auch den einen oder anderen Direktor des Banco Ambrogiano, eines sehr befreundeten Instituts, vielleicht jenen, den man später unter einer der Londoner Brücken fand, erhängt, ein Erhängter, ein Papstfreund, ein Katholik, dessen Namen ich vergessen habe. Franz Sales hat mir das Entree verschafft, zu allem. Was das Institut betrifft, so mußte ich nur – einmal in meinem Talar an den Garden der Porta Sant'Anna vorbeigehuscht – eine Nummer sagen und eine Zahl, die mir Franz Sales in seiner schnaufenden Art aufgeschrieben hatte, ich mußte sie memorieren, darin war ich als Katholik ja geübt, die Beichte, die auch nicht abgelesen werden durfte, umfaßte bis zu hundert einzelne Punkte. Oder mehr? – – Über eine Stunde mußte ich an diesem grauen Ort warten, einer Büroecke gleich rechts von Sant'Anna, dann wurde – von unsichtbarer Hand – der Passierschein durch eine Luke geschoben, eine kleine *Bocca di Verità*. Insgesamt mußte ich an verschiedenen grauen Ecken gegen zwei Stunden warten, beinahe hätte ich es bei diesem ersten Mal gar nicht geschafft, bis ins Allerheiligste vorzudringen, das ich ein Geschoß unter den päpstlichen Wohnungen lokalisiere. Genau weiß ich ja bis heute nicht, wo ich landete, hier und überhaupt, wo ich damals hinter meinen braunen Nonnen mit den Jute- und Baumwolltaschen stand. Es waren so viele Treppen und Ecken, soviel Hinauf und auch Hinunter, so daß ich beim besten Willen nicht sagen kann, wo ich war, und ich weiß, daß niemand weiß, wo wir uns aufgehalten haben. Es muß aber im Palast des Papstes gewesen sein. Doch jenes Dunkel lohnte sich: kam ich ins Freie, hatte ich Geld bei mir, konnte ich essen gehen. Kein größeres Geheimnis in der Kirche als dieses, noch ein *Geheimnis im Geheimnis,* vertraute mir Franz Sales an. In der Geheimnishierarchie der Kirche war das Institut über mancher Wahrheit angesiedelt, stand zweifellos über der Unfehlbarkeit, ich weiß noch, *noch denket das mir wohl*...

Alles ist nur der Erinnerung zulieb festgehalten.

Ich kann ja gar nicht recht beschreiben, wie ich da hineinkam, hineinschlitterte. Es war ja ein Labyrinth, manchmal ganz dunkel, dann wieder überhell, eine Lichtflut, manches Mal schien es mir dunkel zu werden, dann wieder heller. Das Ganze hatte System. Ich habe es *nicht* durchschaut, nie durchschaut, wie ich da hineinkam, ich kann meinen Weg nicht rekonstruieren. Das System siegte über mich. Es muß ein Stockwerk unter den päpstlichen Gemächern, von denen ich einige sogar betreten habe (eine Audienz), gewesen sein, gewesen sein, gewesen sein – da konnte man wieder ins Stottern zurückfallen. Weiß nur, daß ich, einmal den Kreuzweg hinter mich gebracht, in einer Schlange stand, die ich im päpstlichen Palast orte, die hier endet, sich irgendwie auflöste, was weiß ich. Vielleicht täusche ich mich auch, es gab ja Unterführungen, Geheimgänge, spanische Wände, Falltüren. Der Vatikan hatte zwar nur ein Staatsgebiet von 0,44 Quadratkilometer, immer von der Oberfläche her gerechnet, aber es ging in die Tiefe! Es war eine Art Manhattan nach unten hin ...

Ach, ich habe ja unterschrieben, über all dies zu schweigen. Ich habe ja, gleich nach der Porta Sant'Anna rechter Hand, unterschrieben, daß ich nie hier war.

Es war ein Teufelskreis, in den ich hineingeraten war, wie die anderen auch. Aber die anderen haben es geschafft, sich darin zu behaupten. Sie konnten alles miteinander zu einem geistlichen Leben runden, mit seiner Geilheit, seinem Hunger, mit seinem Durst, mit Fellini ... Da blieb ich auf der Strecke.

Was war mit den Frauen?

Frauen gab es nicht in Rom. Aber gelegentlich fuhr ich (doch) zu den Frauen der Via appia antica hinaus, aber nur zum Vorbeifahren, der alten Straße wegen, auf der vor mir die Römer fuhren ... In keiner Weise hatte ich bis dahin ein besonderes Verhältnis zu Frauen *als solchen* (die Begriffsschärfe verdanke ich meinem Unterricht in Scholastischer Philosophie) entwickelt; die Hebamme, die Kindergartenschwester, die Doktorspielfreundin, die Lateinlehrerin, die Italienischlehrerin, Lucy zählten ja nicht. Was fuhr ich also zu den Frauen hinaus? Ich wollte einfach sehen, wie sie da saßen und warteten. Ich wollte nur das Feuer sehen, das sie entzündet hatten und entzündeten. Ich wollte nur sehen, wie sie leuchteten, mehr nicht.

Von hier zurück in die Stadt Rom (Circus Maximus, nachts). Ich hatte gehört (immer nur: *gehört*. Das machte nichts, wenn die Sanduhr nicht wäre), daß sich dort einer unserer Kandidaten gegen Lire anbot. Damals noch bei einem Kurs von 1:4! – um sich das Geld, das von der Kirche für die höheren Weihen gefordert wurde, zu verdienen. So sehr hing er (wie hieß das Kind noch mal?) an seinem Wahn, Priester zu werden, daß er nichts dabei fand, zwischen den dunklen Büschen ... die mittlerweile verschwunden ... deswegen ... ja ... daß er keinen anderen Ausweg sah, als sich dahinein ... denn er war schön ... Franz Sales konnte mir nur in Andeutungen davon erzählen. Er stockte ja immer, wenn wir auf dieses Gebiet kamen. Wie ging die Geschichte weiter? fragte ich, hat er es geschafft? *Jaaa!* stöhnte Franz Sales – – – aber jetzt geht er immer noch hin ... Das weiß ich ... von verschiedenen Seiten ... Was soll ich tun!? Er wurde geweiht, hat das Geld aufbringen können, aber jetzt geht er immer noch hin. Ich fragte, ob das vielleicht mit *Sündenmystik* zu tun haben könnte. Davon hatte ich im Unterricht gehört, wenn auch nur andeutungsweise. Da legte sich ein Kirchenvater zu einer (namentlich nicht bekannten) Kirchenmutter ins Bett, um die Sünde mit der Sünde zu vertreiben, wie es hieß. So wie Lina Boos, die Mystikerin aus Garsten, OÖ.? Hatte sich von ihr nicht schon Pius IX. Rat einholen lassen, als es um die Unfehlbarkeit ging? War es nicht zu *erotisch-mystischen Exzessen* gekommen? Hatte sie nicht mit zwei Redemptoristenpatres zur *Sühne für die Sünden der Welt* geschlafen – ein geistliches Sandwich –, das als *Geheimnis im Geheimnis* in die Geschichte der Sündenmystik einging?

Franz Sales lief zu seinem Vogelkäfig, er grimassierte. Damit war diese Geschichte zu Ende.

Auch ich hatte an so etwas gedacht, um mein geistliches Ziel nach Möglichkeit noch zu steigern, diese Möglichkeit aber dann doch wieder verworfen. Ich konnte ja mit dem fehlenden Geld nicht kommen, ich hätte ja ganz auf das Modell der Sündenmystik zurückgreifen müssen. Ich hätte ja meinen Wagen als Arbeitsfahrzeug einsetzen können? Auch im Winter ... die Heizung funktionierte, im Gegensatz zu den Heizungen in den römischen Häusern ... Und im Sommer draußen bei Ostia? Aber ich war doch keine Hure oder dergleichen; und nicht einmal homosexuell: ich war ja nicht homosexuell, ein Umstand, der allerdings wieder den Opfergedanken gesteigert hätte, ihm zugute gekommen wäre... Nicht homosexuell, ein Wort, das aus dem neunzehnten Jahrhundert stammte, ein Sammelbegriff, der auf mich angewandt, keinen Sinn ergab. ... *ist homosexuell* – – – totalitäre Formulierungen erschreckten mich. Die Sprache – – – schüchterte mich ein. Sie *ging über Leichen.* Die Sprache war – – – meine erste Fremdsprache.

Es war ohnehin eine Krisenzeit, in die ich bei Franz Sales hineinplatzte. Denn er (mir hatte er *sein Herz geöffnet*) mußte nun auch noch mit Drohbriefen leben, in denen stand, daß durch Enthüllungen, die ihn, Franz Sales, betrafen, der Vatikan einstürzen könnte. *Das arme Schwein!* dachte ich wieder einmal, überschätzt sich, aber auch seine Sünden. Immerhin mußte er schon einen Imbißstand gleich an der Vatikanmauer linker Hand, wenn ich von der Via della Conciliazione herkommend vor den Berninisäulen stand, finanzieren. Vielleicht war's die erste richtige Imbißbude Roms. Der Inhaber, ein Sizilianer, hatte lange in Deutschland gelebt, gelegentlich Franz Sales *empfangen*, beichtete er mir. *Dieser Imbißstand ruiniert mich!* habe ich Franz Sales oftmals vor sich hinsagen hören, selbstvergessen, *dieser Imbißstand frißt mich auf!* Immer wieder lag der Imbißstand an seinem Weg nach Hause, aber auch an meinem.

Was bleibt also von Rom?

Eine gescheiterte Entführung der englischen Königin, beziehungsweise: nur ein Entführungsplan, den sich Franz Sales, mein Don Quixote, und ich, im *L'eau vive* ausgedacht hatten. Genau so war die Bekehrung von Mao Tsetung gescheitert, die ich noch als Kind ins Auge gefaßt hatte. Es ging immer um alles, dachte ich, bis ich alles aus den Augen verlor.

Die Entführung war lange vorbereitet worden. Wir fuhren sogar einmal im Sommer nach Schottland und kundschafteten das Gelände um Balmoral aus. Die Reise war als Pilgerreise zu den Klosterruinen von Jona getarnt. Wir fielen nicht weiter auf: Franz Sales sah wie ein normaler anglikanischer Geistlicher aus, unförmig und kurzsichtig, vielleicht etwas tuntig, schwarz wie sie; und ich daneben, eben ein jüngerer Freund eines normalen anglikanischen Geistlichen, wir zwei, auch nicht lächerlicher, nicht tuntiger als sie, und es lachte auch niemand, kein Mensch, nur ich muß lachen, wenn ich heute die Photos sehe, ein paar Schafe, Balmoral, das Meer, Franz Sales, mich ...

Eines Morgens erblickten wir die Königin, wie sie wohl zu einem ihrer Schafställe gefahren wurde. Sie saß auf einem Traktorsitz und winkte uns zu, lächelte, auch nicht viel anders als der Heilige Vater, und wir machten einen Knicks und verbeugten uns, so, wie wir das auch in Rom hielten, wenn der Heilige Vater vorbeigetragen oder vorbeigefahren wurde. Die Person trug ein Kopftuch und Gummistiefel. Es war lange vor dem *Annus horribilis*, sie sah wie eine unserer Putzfrauen aus, an ihrer Handtasche erkannten wir sie. Sie konnte ja nicht wissen, daß die zwei, die da zurücklächelten, angereist waren, um alles für ihre Entführung vorzubereiten, zwei, die diese Erscheinungsform Satans in den Schatten stellte ... Wir haßten sie, sie verkörperte das Böse, und dazu waren wir ja angehalten, das Böse zu hassen. Sie, eine Erscheinungsform Satans, fuhr scheinbar arglos mit einem Traktor zu den Schafställen hinauf, mit einem Kopftuch, einer Handtasche, so harmlos schien alles, wir zweifelten schon an unserem Glauben. Wir wußten ja schon aus der NEUEN POST, daß sie oftmals zu diesen Schafställen hinauffuhr, zuweilen mit ihrem ständigen Begleiter Lord Porchester (NEUE

POST). Wir wußten, daß sie wußte, daß wir wußten, daß diese Person unter dem Kopftuch auf dem Traktorsitz jene Person war, die sich auf dem kleinsten Penny als *Defensor fidei* ausgab. Diesen Titel hatte sie noch von unserem Heiligen Vater bekommen, das heißt: einer ihrer Vorfahren, der ein notorischer Ladykiller und auch noch, wie Franz Sales hinzufügte, ein notorischer Anthropophag war! Anthropophag: heißt das nicht Menschenfresser? Franz Sales wollte wieder einmal über Andeutungen nicht hinausgehen, aber er verwies auf das päpstliche Archiv und wollte sich, im Angesicht der Papula, der als Päpstin der Anglikanischen Staatskirche ausgewiesenen Usurpatorin, in seinen Groll nicht weiter hineinsteigern. Sonst hätte er vielleicht noch mit einem groben Stein nach dem Traktor gezielt, danebengetroffen, und das eigentliche Vorhaben – und auch unsere Wallfahrt (die Reise gedachten wir als *Wallfahrt* zu *opfern*) – wäre schon ganz zu Beginn gescheitert. Der Defensor fidei *(Verteidiger des Glaubens)* fuhr uns auf dem Traktor davon, trug ein Kopftuch und Gummistiefel und hatte eine Handtasche bei sich. Ich habe nie erfahren, was in ihr war.

Wir beteten Psalmen in unserem Zorn, wir weinten, weil der Gerechte so hilflos war und wir nicht einschreiten konnten gegen diese Usurpatorin, weil uns dieser Satan einfach mit einem Traktor davonfuhr, während unsere Hände gebunden waren. Franz Sales kippte um, schlug mit den Fäusten gegen diesen Boden, ohnmächtig, weil *das Böse herrscht,* wie er wußte. So lag er ausgestreckt im Gras, und ich, hilf- und hoffnungslos, stand wieder einmal allein auf der Welt. Es blieb mir nichts anderes übrig, als mich über ihn zu beugen, Franz Sales die Stirn abzutupfen und abzuwarten, ob er nun sterben würde oder nicht. Der Traktor war einfach davongefahren, er mußte den Zusammenbruch doch noch im Rückspiegel gesehen haben, umsonst. Obernosterer atmete schwer, kalter Schweiß rann ihm aus seinen Schweißzentren, ich fürchtete, er würde an dieser Stelle ins Gras beißen, wie die Redensart dafür lautete. Eine ganze Zeit lag er mit offenem Mund ohnmächtig auf dem Boden, ein furchtbares Bild, dann aber kam er wieder zu sich, wie man sagt, *zu sich,* so gut dies bei Franz Sales eben möglich war. Er hatte es ja *auf dem Herz,* und ich weiß nicht, wo. Ihm fehlte ja viel, wenn nicht alles, außer dem Glauben vielleicht. Wir reisten als Diplomaten; so waren wir überhaupt erst ins Sperrgebiet von Balmoral gekommen. *Es geht wieder!* meinte Franz Sales. Er hatte sein Zuckerchen aus der Hosentasche genommen und unter heftigen oralen Automatismen sich einverleibt, der Zusammenbruch war ja auch ein sogenannter *Unterzuckerungsschock,* so erklärte ihn sich Franz Sales selbst. Das war auch sonst schon vorgekommen, von da führte er immer ein paar Zuckerstücke in seiner Gewandtasche mit sich. Jetzt mußten wir nur noch das Gebiß finden, das ich ihm aus Furcht, er könnte ersticken, ganz schnell und, da unter Schock, ganz ohne Ekel herausgenommen hatte, und nun irgendwo im Gras lag ...

Es blieb uns gar nichts anderes übrig, als *vorerst* zurückzufahren, und das taten wir auch. Immerhin hatten wir das Objekt unseres Vorhabens zu Gesicht bekommen und wußten nun auch, daß es für unsereins gar nicht so schwierig sein würde, sich des Defensor fidei zu bemächtigen. Eine Nacht mußten wir noch in Schottland bleiben. Wir teilten übrigens nun zum ersten Mal ein Zimmer. Ich sah dabei, und staunte, daß Franz Sales eben keine geistliche Unterwäsche, sondern eine Art getigerte Badehose trug, eine Art String-Tanga. Ganz dick und natürlich bewegte er sich darin, als ob nichts wäre, so wie die Dicken am Nacktbadestrand in einer Erscheinungsform natürlicher Schamlosigkeit, warum nicht! Schlimmer war, daß er, wie man sich denken kann, auch noch schnarchte.

Was uns am Defensor fidei so sehr empörte, war der

Umstand, daß diese Existenz, die doch offensichtlich auf einer Lüge gründete, dennoch allgemein anerkannt, gar bewundert wurde. Was uns damals, damals ... empörte, war, daß niemand die Wahrheit wissen wollte – – ein Rätsel, ein Geheimnis, das uns in unserem Glauben, daß hier der Satan am Werk sei, nur bestätigte. Keinen interessierte es anscheinend, daß sich dieses – einstige – Imperium auf Menschenfresserei gründete. Der Urvater dieser feinen Bande war doch ein Menschenfresser, Heinrich VIII., man hätte alles in den Geheimarchiven des Vatikans nachlesen können. Als ob es nicht genug gewesen wäre, daß dieser Kerl so viele Prinzessinnen geheiratet hat, um sie zu töten. Jetzt erfuhr ich auch noch, daß er sie gefressen hat; und zwar, was den Fall vollkommen absurd macht, als tote, so wie die Geier lebte er vom toten Fleisch seiner Königinnen und hat dafür auch noch eine Art Kühlschrank erfunden. In Verbindung mit dem Bösen fallen die Erfindungen nicht so schwer, ja, wir dürfen davon ausgehen, sagte Franz Sales, der sich auch als Satanologe einen Namen gemacht hat, daß die Erfindung des Kühlschranks auf eine Inkarnation Satans in Heinrich VIII. zurückgeht.

Dies alles neben einem Essen im *L'eau vive* her. Franz Sales wollte sich vielleicht nur aufspielen vor mir, wollte mir auch einmal imponieren, wußte genau, daß wir über unseren gemeinsamen, uns verbindenden, in unserer Liebe zu Rom, dem Heiligen Vater begründeten Haß gegen alles Englische und sein Gepränge nicht hinauskommen würden. Ja, wir waren unserem Haß nicht gewachsen. Und doch: Franz Sales würde das nächste Mal, nachdem Lord Porchester, der ständige Begleiter, beiseite geschafft sein würde ... zupacken, die Gegenpäpstin mit ihrem Kopftuch knebeln, er würde zwar bestimmt zittern und vielleicht in die Hose machen und möglicherweise mit seinen Schweißhänden auf dem Gesicht oder Kopftuch unseres Entführungsopfers ausrutschen. Mochte sie ruhig cool bleiben, so wie damals, als ein Verrückter in ihr Schlafgemach eindrang und sich zu ihr aufs Bett setzte... Von da wußten wir, daß es viele Mittel gab, sich des Defensor fidei zu bemächtigen, mochte er auch unter dem Schutz der satanischen Gegenmacht stehen. Wir hatten Weihwasser! – – Wahrscheinlich würde mich Franz Sales auf dem Weg zum Schafott blamieren, mit dem Gebiß spielen und so weiter... Darauf stand ja noch die Todesstrafe, wir wußten es. Ich hatte aber schon das Schnurmaterial gekauft, mit dem wir sie fesseln würden. Und zwar von oben nach unten! schärfte ich Franz Sales ein. Die Schnurrollen hatte ich preisgünstig bei Raiffeisen in Meßkirch bekommen und nach Ende der Sommerferien Anfang September nach Rom geschleppt, dort gab es so etwas ja nicht.

Was wollten wir eigentlich von der englischen Königin? Unsere Forderung lautete: Abdanken als Päpstin, sie insbesondere zum Verzicht auf den einst von Rom verliehenen, längst aber aberkannten und nun sündhaft geführten Titel *Defensor fidei* zwingen. Hätte sie schriftlich eingewilligt (Franz Sales hatte in seinem Köfferchen eine entsprechende Schriftrolle vorbereitet, zweisprachig, da der Defensor fidei über mehr Latein gewiß nicht verfügte) und unsere Bulle unterzeichnet, hätten wir sie laufen lassen, nicht aber ohne ein weiteres Schriftstück, das uns freies Geleit zugesichert hätte... Als Lohn hatten wir uns ein einfaches *Vergelt's Gott!* aus Rom gedacht. Sie fuhr also gerade mit Lord Porchester (einem Waschlappen, wie ich aus der FRAU IM SPIEGEL wußte) von der Schaffarm Richtung Balmoral zurück, diesmal allerdings im Landrover. Sie saß selbst mit Kopftuch und Gummistiefeln am Steuer. Wir stellten uns in den Weg, taten so, als ob wir auf einer Wanderung in Not geraten wären. Sie hupte, aber wir wichen nicht. Sie konnte gerade noch anhalten. Wie die Reifen quietschten! Es war naß und kalt. Die Frau im Kopftuch stieg aus. Wir wußten: es war der Defensor fidei. Porchester blieb zunächst einfach im Wagen sitzen. Die Königin kam auf uns zu, etwas mißtrauisch. Sofort bemächtigten wir uns ihrer. Wir warfen unser Seil wie ein Lasso über sie. Franz Sales begann, sie von oben her zu knebeln und auch etwas zu piesacken, sie etwas zu traktieren, aus Wut und auch Schmerz darüber, was sie uns die letzten 450 Jahre angetan hatte ... Ich begann von unten her. Sie strampelte und schlug aus wie ein Pferd, mir fiel ein, daß sie ja eine große Pferdeliebhaberin war. Wir mußten sie auf den Boden, in den Graben stoßen. Jetzt erst wurde Porchester aktiv. Aber die Schrotflinte auf dem Rücksitz, nach der er greifen wollte, hatte ich ihm längst abgenommen. Und so verfügten wir auch über eine Waffe. Wir hätten schießen dürfen, wir hatten uns für alles eine päpstliche Dispens verschafft – auch sie lag im Köfferchen. Franz Sales kam überhaupt nicht voran, sie biß ihn mehrfach in die dicke Hand. Da entdeckte sie plötzlich den bischöflichen Ring und wußte nun offensichtlich, was los war. Sie unterschrieb sofort. (Ein anderes Mal bockte sie stundenlang, schien eine Erklärung abgeben zu wollen, der wir aber wegen ihres Englisch nicht folgen konnten. Doch schließlich unterschrieb sie; schließlich ging durch diese Unterschrift ihr Leben wie bisher weiter, ja, wir hatten den Eindruck, daß sie im Grunde erleichtert war, die angemaßte Rolle nicht weiterspielen zu müssen.) Porchester lag mittlerweile ohnmächtig auf dem Rücksitz seines Rovers. So hatten wir uns das ausgedacht. Doch unser Kartenstudium, die Royality-Literatur (einschließlich der Balmoral-Bände), die wir uns angeschafft hatten, unsere strategischen Essen im *L'eau vive* waren umsonst. Denn wir kamen, in Rom, einfach nicht voran. Wegen jeder Kleinigkeit mußten wir ins Ausland fahren, schon wegen der Schnüre. So dachten wir auch daran, die mit uns befreundete Mafia einzuschalten, verwarfen die Idee aber wieder. So blieb es bei Plänen und dem Groll gegen alles Protestantische, namentlich Englische, der in jüngster Zeit noch verschärft wurde durch eine zweifelhafte Lebensführung unter den Nachkommen Heinrichs des Anthropophagen.

Ich las die FRAU IM SPIEGEL weiter: *Böse Gerüchte,* las ich, *Prinz Philip soll die Queen betrogen haben und sie ihn mit Lord Porchester, der sie seit Jahren bei allen Gelegenheiten begleitet. Er ist seit Jahren für ihre Pferde zuständig.* Stand jetzt auch noch eine Scheidung der Papula bevor? Und dann auch noch wegen so einem? Das Photo zeigte einen Mann in den hohen Achtzigern, er hatte etwas Schottisches, zumindest kam er mir damals recht kariert vor.

Was ist ein String-Tanga? fragte mich Franz Sales bei einer unserer letzten Begegnungen. Hast du von so etwas schon einmal gehört? Jede Frau weiß, was ein String-Tanga ist, kokettiert da eine Erzherzogin in der Yellow Press, die Nacktbilder brachte, die gar keine waren, weil sie eben einen String-Tanga anhatte! behauptet sie. Und der Heilige Vater wurde jetzt über die Sacra Rota Romana in diesen Fall eingeschaltet!

Heilige Unschuld! Wir forderten eben zuviel voneinander in Rom. Die Ansprüche waren ja schon an einen gewöhnlichen Mann oder Menschen sehr hoch. So verlangte das Kirchenrecht vom Mann ein erektionsfähiges Glied, die Ejakulation *und* den fruchtbaren Samen, während bei der Frau, um die Gültigkeit einer Ehe zu garantieren, *eine zur Aufnahme des männlichen Gliedes geeignete Scheide* (laut Kirchenrecht) genügte. Derlei gab unserem Leben Sinn, ja Gesprächsstoff. So hatte mir Franz Sales von einem jungen Mann erzählt, der gerade von Rom abgewiesen wurde. Schon mit den niederen Weihen versehen und im Begriff, Priester zu werden, hatte der zuständige Arzt, ein Pater von der SJ, bei der vorgeschriebenen großen Schlußuntersuchung eine Phimose festgestellt, die bis heute zu den *echten* Weihehindernissen zählt. Die meisten Fälle zogen sich so lange hin, daß sie überwiegend *auf na-*

türliche Weise, wie man dafür im Vatikan sagte, auch einschließlich der sogenannten *unechten Weihehindernisse* gelöst wurden. *Nostra Signora Morte* (»Unser Herr Tod«, sagte man im Vatikan) stand noch über dem Heiligen Vater. – – – La Morte, etwa zwischen Papst und Gott vorzustellen, vom Vatikan her gedacht. Eine Phimose: ein *geregelter Geschlechtsverkehr* (Kirchenrechtsprache) war so nicht möglich, würde so nicht möglich gewesen sein, denn man dachte in Rom bei diesen Dingen im Konjunktiv und Futur II, ein möglicher Geschlechtsverkehr, der Bedingung der Möglichkeit der Zulassung zum Priesteramt war... Franz Sales zerbrach sich den Kopf über diesen Fall. Ein kleiner chirurgischer Eingriff hätte dem zukünftigen Priester (das heißt, dem Mann, der darauf verzichten sollte, einer zu sein) helfen können. Aber diese Lösung galt als Beschneidung und war den Juden und den Heiden überlassen und durch die Taufe ersetzt. Sah man die Beschneidung nicht als Beschneidung, sondern als Eingriff in den Organismus, so stand dies wiederum als Verstoß gegen die Integrität des Leibes unter schwerster Strafandrohung im Codex Iuris. Kirchenintern gehörte die Phimose als Weihehindernis zu den subtilsten Streitfragen und war zu meinen Zeiten nicht gelöst (Vgl.: Franz Sales Obernosterer, *Die Phimose als Weihehindernis,* mit einem Geleitwort von J. Card. Ratzinger, Rom 1979). Fránz Sales tendierte zum Ausschluß, das heißt, er vertrat die Lehre von Salamanca, die im frühen vierzehnten Jahrhundert herausgebildet worden war.

Eine Phimose mußte mich nicht schrecken, schon gar nicht, solange ich in Rom war und nicht lebte, und auch nicht ein epileptischer Anfall oder sonst eine Behinderung (etwa eine Krankheit oder eine Unfallfolge), die automatisch zum Ausschluß von der Zulassung zum Priesteramt geführt hätte. Einen Priester im Rollstuhl habe ich während meiner Jahre in der Ewigen Stadt niemals gesehen.

Das war wohl gemeinsames römisch-germanisches Erbe mit seinem Haß auf alles Unvollkommene oder Kranke. Hatte sich aber einer einmal die Weihen erschwindelt (in gewisser Weise mußte ich auch Franz Sales dazurechnen), sprach kein Mensch mehr von Epilepsie etc. Nun war von Ergriffensein durch das Mysterium des Meßopfers, religiöser Ekstase die Rede. Vor allem, wenn es während der Messe passierte, sprach man einfach von Ergriffensein durch das Heilige. Nichts anderes hätte ich erwartet in Rom.

Wie ich nach Rom gekommen bin, so ging ich: trostlos, im Grunde unbelehrt, ins Ungewisse. Und außerdem: nun dick, nun grauhaarig, ein Trinker.

»Fortschreitende Räude«

Das wäre doch der Sommer, den ich liebte! Aber durch abwechselnden Genuß von Rotwein und Pornofilmen, durch regelmäßiges Wichsen und Scheinschwangerschaften sediert und vom Leben abgehalten, war mir das Leben endlich zuviel, und ich war dafür, Schluß zu machen. Doch *du kannst nicht gegen die Todesstrafe sein und dann Menschen in Romanen zum Tode verurteilen.* Das nahm ich mir zu Herzen.

Die Geschichte geht also weiter.

Mein Beruf (derzeit Grabredner), meine Veranlagung (sexuell), mein Alter (alt), mein Status (ledig, ärmlich) und mein Charakter brachten es mit sich, daß dieser Abschnitt noch lächerlicher und trauriger sein dürfte. Nun hatte auch noch die Einsamkeit (in Ermangelung des eigentlichen Wortes, die Einsamkeit, deren wahren Namen wir nicht kennen) von mir Besitz ergriffen, was bei mittellosen, alten, eigentlich berufslosen Menschen ohne Familie nicht außergewöhnlich ist. Eine Zeitlang versuchte ich mich ja an das zu halten, was Djuna Barnes' Vater gesagt hat: er sagte, daß ein Mensch, der etwas auf sich hält, allein lebt... Und doch brauchte ich, wie ein Zeitungs-, ein Los-, ein Würstchenverkäufer den Kontakt mit ihnen, den Würstchenverkäufern, Ärzten, Seelsorgern, Schauspielern... auch noch als Grabredner, wo man ja mit den Lebenden nur über die Toten zusammenkommt. Man versucht, ihnen ein wenig vom lieben Toten zu erzählen, so gut es geht, man hat ja seine Stichworte bekommen... Diese Zeit nutze ich, ich kann reden, diese Zeit gehört mir, die Menschen müssen mir, wenigstens hier einmal, zuhören. Ich kann ihnen sagen, ja versichern, daß das Leben nichts wert ist, gleichzeitig auch, daß es schön war, ist und sein wird. Ab und zu schaue ich ihnen in die Augen, vom Sarg weg zu den Augen, von den Augen zum Himmel, metaphysische Augenblicke, der Mensch ist dafür anfällig, reagiert gar mit Tränen. Näher komme ich gar nicht zu ihnen, ich müßte schon auf ihnen liegen, und auch dann wären sie ganz weit weg von mir, dachte ich früher. Jetzt weiß ich: dieses In-die-Augen ist ja schon fast mehr als Geschlechtsverkehr, ist schon der *reinste Geschlechtsverkehr*...

Wie es überhaupt so weit kommen konnte?

Ab und zu treffe ich den Friedhofsgärtner, der eigentlich ein Totengräber ist, ein Beruf, den es offiziell gar nicht mehr gibt. Was sieht er schon! Ab und zu mich... Er sieht ausgesprochen gut aus, ist halb so alt wie ich und schon Totengräber. Wie er da mit seiner kleinen Aushubmaschine hantiert, mit der Stanze für die Urnen... Wir treffen uns von Fall zu Fall im Krematorium, zufällig, ab und zu schaue ich auf dem Weg zur Arbeit kurz rein. Um elf Uhr morgens sitzen die Leute auch hier beim Elf-Uhr-Vesper, und ich soll neben ihnen Platz nehmen. Da sitzen sie mit ihren belegten Broten auf dem nächstbesten Sarg, mein Friedhofsgärtner sitzt auch schon da: *O nütz der Jugend schöne Stunden, einmal entschlüpft, einmal entschwunden, zurück kommt keine Jugend mehr!* Hier bin ich Mensch, hier darf ich sein; wenn ich aber jetzt in einen schönen Biergarten gehen wollte, ich wüßte nicht, an welchem Tisch ich mich dazusetzen sollte, dürfte, allein. Man gilt in dieser Welt nicht als vollzählig allein! sagt Lucy immer. Dabei wollen wir doch gar keinen Lebensgefährten oder sonst ein fernes, hohes Tier. Wir wollen doch nur nicht allein unser Bier trinken, versichert mir mein Zeitungsausträger, mit dem ich gelegentlich ein Bier trinke.

Wie es also so weit kommen konnte mit mir?

Von Rom aus mußte ich zu meinem Bischof nach F., der mich ja in die Ewige Stadt geschickt hatte; mit ihm sollte ich die Einzelheiten meiner Priesterweihe besprechen, und auch wegen der großen Untersuchung, die auch bei und an mir von einem Jesuitenarzt durchgeführt wurde. Ich hatte mir dabei nichts weiter gedacht, glaubte mich gesund. Der Bischof, wie jeder unserer katholischen Bischöfe auch Jurist (unsere Kirche ist ja eine Amts- und Rechtskirche) war ein lieber Mann, ziemlich doof, vielleicht etwas dumm, vielleicht auch nicht; ich weiß nicht, warum ihn die Kirche genommen hat, schließlich hatte er doch gar nichts zu melden, mußte immer nur weihen und unterschreiben, die Predigten, die man ihm hingelegt hatte, ablesen. *Er* hatte nichts gegen mich, ich weiß, hat auch nachher, nachdem man mich abgeschoben hatte, immer wieder versucht, mich mit kleinen Briefen und guten Wünschen für mein weiteres Leben aufzumuntern, ja er segnete mich, betete für mich, aber zu melden hatte er nichts *bei Gott,* dem Jesuitenarzt. Der war gegen mich. Auf meinem Fragebogen, der nach allen möglichen Krankheiten, zum Teil ganz versteckten, Haut- und Geschlechtskrankheiten, ansteckenden, zum Teil ganz versteckt fragte, hatte ich angegeben, daß ich früher schon einmal umgefallen sei, in der Kirche, als Meßdiener ... Mein Arzt hörte gar nicht mehr hin, er hatte ja nun sein Schema ...

Epilepsie! klingelte es in seinem Koordinatenkreuzchen; so wollte er gar nicht mehr wissen, was ich dazu zu sagen hatte, ich versuchte sogleich, das Ganze als Ergriffenheit vor der göttlichen Gegenwart im Meßopfer, zumal als Kind, zu deuten. Schließlich ging es ja nach Selbstauskunft meiner (immer noch heiligen) Kirche beim Meßopfer um alles, um das Mysterium schlechthin, *kein* Wunder, daß ich umkippte. Aber derlei war doch nicht gefragt in der Kirche. Über eine *geregelte Ergriffenheit,* eine Ergriffenheit, die Rom im Griff hatte, durfte es nicht hinausgehen. Was dachten diese Juristen von einem zukünftigen Priester; wie oft ich an einem venerischen *Leiden* (wie vornehm!) erkrankt, wie oft ich auskuriert worden sei, wollte man wissen. Und meine Ergriffenheit, meinen Glauben, mein Umfallen vom Mysterium des Glaubens her (das ja nur in einem Umkippen aufgrund des Sauerstoffmangels in unserem kleinen St. Michael bestand) diagnostizierte man als Epilepsie: ich sollte meinen Mund öffnen, denn er wollte sehen, ob ich mir schon ein Stück Zunge abgebissen hätte. Ich bestritt alles, wie Petrus, kam aber im Gegensatz zu ihm für die Kirche nicht mehr in Frage. Der Jurist, nicht der Bischof, hatte das letzte Wort. Ich wurde entlassen. Es half nichts, vorher noch aufzuzählen, was ich alles *nicht* war, und was auch zu einem Ausschluß geführt hätte: krank, impotent, geschlechtskrank, unfruchtbar, homosexuell, körperbehindert, körperversehrt, einbeinig, einarmig, Rollstuhlfahrer, querschnittgelähmt... All dies, was automatisch zu einem Ausschluß von den Weihen geführt hätte, war ich *nicht;* und doch hat man mich weggeschickt. Man wollte mich einfach nicht haben, warum weiß ich nicht, immer wieder machte ich einen schlechten Eindruck auf die Welt, *Epilepsie* war noch zu meiner Schonung gesagt; alles, was man zu mir sagte, war ja im Grunde ein Euphemismus. Die anderen wußten wahrscheinlich genau, was sie zu mir hätten sagen müssen, ich wollte aber nichts davon wissen.

Kein Mensch, außer dem Bischof, einem der vereinzelten Menschen, die es in der Kirche nach wie vor gab, der mich auf seine Art noch etwas zu betreuen versuchte, hat sich also danach noch um mich gekümmert. Ich war ab da per sofort ganz allein auf der Welt, *auf mich gestellt.* Was sollte ich mit meinem lumpigen Theologiestudium in der Welt? Kein Mensch wollte etwas davon wissen, und die fünfzehn Jahre unter kirchlicher Herrschaft waren umsonst. Außer einem Schaden fürs Leben habe ich nichts bekommen. Außer diesem weiteren Schaden blieb mir nichts. Entschädigung gibt es nicht, Menschenrechte gibt es innerhalb der Rechtskirche bekanntlich auch nicht, die sind eine modernistische Erfindung, genauso wie Demokratie... Nicht einmal Brüderlichkeit. Man schickte mir noch eine Rechnung für die Untersuchung, da ich ja nun nicht mehr versichert war. Ich konnte nicht bezahlen, man schlug eine Ratenzahlung vor... Das ist das letzte, was ich von der Kirche zu meinem Fall gehört habe. Zuvor schon hatte der Generalvikar zu mir gesagt, mir stünden tausend Möglichkeiten frei, einem jungen Mann wie mir, aber ich wagte nicht zu fragen, welche. Unter tausend Freundlichkeiten hatte er mich hinauskomplimentiert. Einen Teil meines Vermögens hatte ich ja beim Eintritt ins Seminar der Kirche überschrieben. Damit konnte ich nun auch nichts mehr anfangen, das war nun weg, aber ich besann mich auf meine Predigt- und Rhetorikkurse, auf meine Video-Seminare, wo ich und meinesgleichen uns bei der freien Rede filmten. Wir sprachen *ad libitum,* ja, wir sollten *ad libitum* sprechen, irgend etwas, irgend etwas vom Himmel herunter sollten wir uns erzählen als Vorbereitung für unseren späteren *Dienst* auf der Kanzel. Das Wort *Dienst* wurde ja später in die Militär- und Verwaltungssprache übernommen, wie auch die *Dienstgrade* Soldat (Christi), Offizier, Generaloberst (SJ), General... Nun gut, damals gab uns der Pater Instruktor (eine Art kirchlicher Feldwebel) kurze Stichworte, über die wir vor laufender Kamera predigen sollten. Ich erinnere mich an Themen wie: *Vom Sinn der Todesstrafe, Über die Folgen des vorehelichen Geschlechtsverkehrs, Über den Siebten Himmel bei den Mohammedanern...*

Im ZEITMAGAZIN hatte ich dann diesen Bildbericht über Menschen als Leichenwäscher, als Arbeiter im Krematorium, als Grabredner... gesehen. Grabredner!... Ich hatte nun eine Idee wenigstens, wie es mit mir weitergehen konnte. Aber ich wollte mich damals noch nicht richtig anfreunden mit ihr; und so sann ich zunächst noch auf anderes.

Ich hatte einen Freund aus Seminarzeiten, oder wenigstens einen Leidensgenossen, glaubte wenigstens, einen solchen zu haben, der zwar nicht *gegangen worden war* (im Tonus vulgaris der Kirche), einer Demissionierung aber nur dadurch entkommen war, daß er rechtzeitig absprang. Zu viele Mängel wären beim Fragebogen aufgetreten: 1. Er war zu klein (Mindestgröße für die Diakonatsweihe: 159 cm, für die Priesterweihe 163 cm). Ja, er war so klein, er schien mir so klein zu sein, daß er gar nicht richtig auf der Welt war, und erinnerte mich von da an meine Schwackenreuter Onkel. 2. Er war zu dick: 2 Zentner. Bei dieser Größe! (154 cm) Die Kirche denkt in diesem Punkt (Gewicht) ganz praktisch und möchte sich spätere Krankheitsgeschichten oder auch tatsächliche, schon begonnene, vom Leibe halten und nicht für das Volumen ihrer Kandidaten aufkommen, was, in diesem Fall, und nebenbei bemerkt, auch noch als ein Ensemble aus Charakterschwäche (fehlender Mut zu widersagen) und Neigung zur Sinnlichkeit (Lust auf Süßes) gedeutet werden konnte. 3. Er trug ein Toupet, war also eine komplette Witzfigur, die sich auch die Kirche am Ende des zwanzigsten Jahrhunderts auf der Kanzel nicht mehr gehäuft leisten konnte ... Früher war ja vieles möglich, ich denke an die Zeiten von Franz Sales.

In Rom selbst war man in diesen Dingen nach wie vor nicht so streng wie anderswo, also etwa im Ultramontanen. Toupettragen galt kircheninternen nicht als Krankheit, es war eine Irregularität, die behoben werden konnte.

Dieser Mensch hatte es in der Reisebranche ziemlich nach oben gebracht. Bevor es ernst werden konnte, hatte er mir immer wieder Stellen angetragen, ich solle zu ihm kommen (er wußte genau, daß ich nicht im Traum daran dachte, von der Kirche weg zu ihm zu wechseln). Ich wäre der ideale Reiseleiter, meinte er, und machte diesbezüglich zweideutige, gar einschlägige Bemerkungen, die ich ihm gegenüber überhörte. Als es aber soweit war und ich ihn (in meiner Not, in was sonst hätte ich ihn auch nur angerufen!) aufsuchen wollte, wimmelte er mich schon am Telefon ab. Gewiß freue er sich über meinen Anruf, meine Frage, mein Wohlergehen, aber die Reisebranche sei nicht das Richtige für mich: eigentlich schon, und immer das Richtige gewesen, nur jetzt nicht: ich sei nun zu alt. Ich wandte ein, ich sei drei Jahre jünger als er, gerade so alt, wie man am Ende eines regulären Theologiestudiums mit Promotion alt sei: 34 Jahre. Dieses Studium sei ja für seine Art Reiseleitung Voraussetzung, es gehe doch um *wissenschaftliche* Reisen. Es ging ja ins Heilige Land (zu 45% hatte dieser Freund das Heiliglandgeschäft an sich gerissen), und ich gab zu verstehen, daß man die Wunder Jesu vor Ort etwas – wenigstens theologisch-wissenschaftlich – erklären können müsse, können müssen sollte ... Ich kam ins Stottern, und doch: das Argument kam an. Er sah ein, daß er seinen Unwillen falsch begründet hatte, mit meinem Alter konnte er mir nicht kommen, in diesem Zusammenhang wenigstens. Jetzt aber deutete er an, er habe bei unserem letzten Zusammentreffen bemerkt, daß ich etwas dick geworden sei, was denn mein aktuelles Lebendgewicht sei, wollte er wissen. Das Reisen sei anstrengend, zumal, wenn es in die Wüste gehe. Das weiß ich alles, lieber ... (Freund brachte ich doch nicht über meine Lippen). Da er zwar schamlos, aber nicht ganz dumm war, schwenkte er nochmals auf ein anderes Gebiet, ließ vorher noch eine kleine Entschuldigung fallen: das mit dem Gewicht sei ein Scherz gewesen. Nun behauptete er aber mit einem Mal, ich könne nicht frei reden und wäre schon damals vor laufender Kamera zu oft errötet ... Es half nichts. Er wollte mich nicht. Ich konnte hundert Mal entkräften, behaupten, ich würde nun schon lange nicht mehr rot werden, und meine Sprechangst hätte ich durch einen zusätzlichen Dale-Carnegie-Kurs *(Sorge dich nicht, lebe!)* im Freiburger Kolpinghaus (für tausend Mark) abgelegt. Ich hörte durchs Telefon, wie er mir nicht zuhörte.

Der irgendwo aus dem Norden in meiner Weltgegend eingedrungene Freund von einst (wir sind ja längst *vor* der DDR kolonialisiert worden, stillschweigend) war nun an jener Stelle des Gesprächs angekommen, an der eine leitende Persönlichkeit kurz und bestimmt wird. In frechstem Hochdeutsch gab er mir zu verstehen, daß es nie und nimmer möglich sei, daß eine Person wie ich für ihn in Frage komme. Er sagte mir durch die Blume (allerdings durch die Härte der Intonation *hingeknallt*), ein Mensch, der nicht einmal richtig Deutsch könne, so ein Deutscher komme für ihn nicht in Frage, sagte er zu mir mit seinem hochdeutschen Akzent. Er könne es *schlicht* (sagte er) nicht verantworten, kam er zum Ende des Gesprächs, daß jemand wie ich vor dem leeren Grab in Jerusalem stehe und *seinen deutschen Kunden* (alles Akademiker! warf er ein) mit seinem schweren, ja groben süddeutschen Akzent alles zu erklären versuche... Auch wenn ich vieles wüßte, wie er wüßte, meine Intelligenz und mein unbestrittenes Wissen, und auch mein Aussehen, würden mir vor Ort über meinen groben, fast schweizerischen Akzent nicht hinweghelfen... Nun wußte ich wieder einmal, warum die Schweizer die Deutschen nicht mögen. Ich mochte die Deutschen aus denselben Gründen ja auch nicht... Am Ende gälte ich dann noch als Schweizer; und das ginge bei seinem Unternehmen sowieso nicht. Anfragen, warum er in dieser schwierigen Zeit einen Schweizer Reiseführer eingestellt hätte, wären *schlicht* geschäftsschädigend, wenn nicht mehr. Dann wurde er plötzlich wieder vertraulich und aufmunternd, nahm das Telefon ganz nah zu sich, wurde leise und langsam, wie ein Chef, der, ohne es gelernt zu haben, über das große Einmaleins der psychologischen Kriegsführung verfügt und dabei doch durchschaut wird. In alter Freundschaft: ich solle es doch anderswo versuchen. Es gebe für einen mit solchen Fähigkeiten genügend Möglichkeiten, wo, sagte er mir nicht. Er verstehe nicht, warum ich ausgerechnet mit meinem Akzent und außerdem: mit meinem Sprachfehler, der in der Welt ja heutzutage gar keine Rolle mehr spiele, wohl aber draußen, vor dem leeren Grab... Jetzt kam er mir auch noch mit einem Sprachfehler... er verstehe nicht, warum ich ausgerechnet, wo ich doch gelegentlich, vor allem, wenn ich aufgeregt sei, und vor einer Gruppe deutscher Akademiker stehend, würde ich unausweichlich aufgeregt sein – – – warum ich ausgerechnet in die Reisebranche dränge, fragte er mich. Mit dieser Frage, die ein Vorwurf war, mich überhaupt in Frage stellte, brach er ab. Ich habe nie wieder etwas von ihm gehört. Warum ich ausgerechnet mit meinem, mit meinem, mit meinem Sprachfehler in die Reisebranche drängte, warum ich mich ausgerechnet darauf kaprizierte? Ich fände doch bald etwas und solle ihn bald besuchen.

Allein – – – ich fand so schnell nichts. Und von da machte ich mich damit vertraut, daß ich mein Leben in naher Zukunft als Grabredner zu bestreiten haben würde. Von etwas mußte ich leben. Ich war entsprechend vorgebildet, konnte schließlich von da etwas zu Leben und Tod sagen, zu Lebenden und Toten... Als Summe meiner Überlegungen und Anstrengungen ergab sich zwangsläufig die Anfrage beim Friedhofsamt in der Colmarer Straße als Ideallösung. Und tatsächlich: Eines Morgens saß ich im Zimmer des Leiters des Städtischen Friedhofsamtes. Doch auch hier die alte Aufgeregtheit, von der Bernie (1,54 m) gesprochen hatte, die nassen Hände, die ich unauffällig an meinen nassen Hosenoberschenkeln abzustreifen versuchte... Wie in alten Zeiten! Nur jetzt nicht mehr im Zimmer des Rektors der Gregoriana etc.... Dieser beelendende kleine Unterschied war mir in jenem Augenblick – Gott sei Dank – nicht bewußt. Aber sonst war alles beim alten, die Aufregung, ich ...

Ich bekam sofort eine Anstellung auf Widerruf, zumal ich auch mein vom Ortsbischof unterzeichnetes Führungszeugnis und einen Doktorhut summa cum laude, *den Doctor Romanus,* den ich aus Rom mitgebracht hatte, vorweisen konnte.

Das ist also ein weiterer Ausschnitt aus meiner kleinen Passionsgeschichte. *Die kleine Schwackenreuter Passion* würde ich das Ganze nennen, wenn's ein spätgotisches Triptychon wäre ...

Aber es war keine Passion, und ich lehnte mich auf meine Weise *nicht* auf gegen das, was war, gewesen war, sein würde.

Ich reagierte auf alles allein mit meiner Einsamkeit. Das ist, schlicht gesagt, die Wahrheit.

Vieles bot die Stadt F., wohin ich nun gezogen war, nicht. Ich bot ja auch nicht viel; und was da im Verlauf von Jahren geschah, ließe sich auf einer Seite sagen – oder eben überhaupt nicht. Die Einwohner dieses Großstädtchens lebten in dem Glauben, daß die Menschheit zweigeteilt sei: die eine Hälfte lebe schon hier, die andere, der Rest, wolle nichts anderes. *Ich* wollte ihnen ihren Glauben nicht nehmen.

Man sagte, die Gegend gehöre schon zum Süden. Vielleicht hatte es mich auch deswegen, aus dem Süden kommend, hierher verschlagen. Vielleicht auch noch, weil in der Stadt ein Erzbischof residierte: alle meine bisherigen Städte waren Metropoliten-Städte (das heißt auf deutsch: Erzbischof-Städte). Da konnte ich von Fall zu Fall ein Pontifikalamt mitfeiern. Irgendwohin mußte ich schließlich gehen, solange ich lebte ...

Der Hauptgrund dürften die Freunde gewesen sein, die

ich hier ortete. Die Freunde, die nun einmal schon hier waren; ihnen bin ich, der sich zuletzt als Nomade erweist, nachgezogen, denn *Freundschaft ist die Krone der Welt!* sagte Lucy immer. (Später entdeckte ich, daß sie diesen Satz bei Marcel Jouhandeau geklaut hat.) Das war die Hauptsache, Freunde.

Es wäre schwierig, wenn nicht unmöglich, im fortgeschrittenen Alter (34) noch einmal ganz vorne anzufangen, noch Freunde, ja irgend jemanden zu finden, wenn es ihn nicht schon gäbe, dachte ich mir. Die Freunde an sich waren ein Novum in meinem Leben. Zu Hause oder in Schwackenreute oder gar Meßkirch gab es so etwas ja nicht. Lucy hat recht: Meßkirch hat niemals eine Kultur der Freundschaft entwickelt. Ja ganz im Gegenteil, schon das Wort hatte, in Meßkirch in den Mund genommen, etwas Zweideutiges, wenn nicht gar Eindeutiges, Unappetitliches. Die einzige Spielart, mit der man sich ab einem bestimmten Alter eine zweifelhafte Anerkennung verschaffen konnte, war der *Hausfreund*. Über ihn hatte ja auch Heidegger schon in der Meßkircher Viehhalle gesprochen: Hebel – der Hausfreund. Aber eine richtige Freundschaft (i. e.: in aeternum), mit wem auch immer, gab es in Meßkirch nicht. Wir mußten wie in Vorzeiten *mein Kamerad* sagen, und jedes Leben mündete vor Ort notwendigerweise in der trostlosen Ehe. Der Rest war Wartezeit, vorher und nachher.

Das Leben wurde von der Familie bestimmt, von Mann und Frau, einer Verbindung also, die kaum einmal zusammenpaßte, das hatte Lucy richtig bemerkt. *Mann und Frau, das geht nicht zusammen. Freundschaft ist aber möglich*, sagte sie.

So will ich noch, wenn auch nur kurz, von meinen Freunden erzählen, die ich in dieser Stadt gewonnen und verloren habe, ob sie nun noch leben oder nicht.

Im Stadium einer *fortschreitenden Räude* angelangt,

kannte ich Gritt allein aus unserem Bierlokal. Obwohl sie auf beiden Seiten körperbehindert war, vorne und hinten, links und rechts, und jedem Schritt mit ihren Krücken, ihren Armen nachhelfen mußte, saß sie immer auf einem Barhocker am Tresen, als ob ihr gar nichts fehlte – – – und man sah so ja auch nichts. Man hatte sie da hinaufgesetzt. Dieser Platz gab ihr wohl das Gefühl, dabeizusein oder im Urlaub, den sie nicht kannte, so wenig wie den Nicht-Urlaub. Sie war ja, zu allem, auch noch Sozialhilfeempfängerin. Hier trafen wir uns, oft schon nachmittags, wenn ich von der Arbeit kam. Ich sah, wie sie zuhörte, zuprostete, ich war ihre Nummer 3.

Der grüne Behindertenausweis an der Frontscheibe, die Plakette ihres Leidens, ein Privileg, das sie weidlich ausnutzte, von dem sie lebte, das ihr Leben füllte, das ihr Leben verschaffte ...

Ihren Wagen sah ich oftmals an den unmöglichsten Stellen, oftmals sogar am Hauptportal zum Münster. Sie war nämlich so fromm wie ich. Niemand, nicht einmal die Kirche, traute sich, ein Behindertenfahrzeug abzuschleppen. Das Auto vor dem Hauptportal, ein Privileg, das nicht einmal der Erzbischof hatte: eine der wenigen Freuden in ihrem Leben ...

Sie hatte ihren Stolz, lehnte den Rollstuhl ab, den sie in der Hierarchie des Leidens mehrere Stufen unterhalb ansiedelte.

Obwohl alle, mit meiner Ausnahme vielleicht (und der Leute vom Friedhof), der ich einer ordentlichen Arbeit nachging, die wir damals im BADISCHEN HOF verkehrten, Sozialhilfeempfänger waren (Gritt, gut fünfzehn Jahre älter als ich, sprach noch von der Fürsorge), prosteten wir uns zu und gaben Runden aus, eine nach der anderen, einer nach dem anderen. Da war auch noch ein Geldautomat in einer der schönsten Ecken dieses schönsten Lokals der Stadt, wie ich dankbar erinnere. Früher einmal eine

Baracke, zum Abriß auf Widerruf bestimmt, eine Baracke, die Struktur, *das Herz* war ja immer noch aus Holz.

Es kamen keine Studenten, schon daher fühlte ich mich wohl, wohler als sonstwo in der Stadt; bis in den *Salatgarten* hinein war ja alles voller Studenten. Hier nicht. Der Umstand, daß es sich bei F. auch um eine Universitätsstadt handelte, die einen gewissen Ruf hatte (nicht in der Forschung), hatte mich zunächst ja abgeschreckt. Ich wollte nicht unter Studenten leben. Ich wollte nicht in meiner Vergangenheit leben.

Gritt lernte ich hier kennen. Die Freunde vom Friedhof schleppte ich hierher. Kein Wunder, daß sie bleiben wollten. Spätabends, bei fortschreitender Sentimentalität, versicherten wir uns manches Mal, daß dies unsere (eigentliche) Heimat sei. Die ist nun abgerissen. Das ist eine moderne Stadt, der BADISCHE HOF paßte nicht mehr hierher.

Dann gab es noch die Nummer 2 im Leben von Gritt, die stand hinter der Theke, Charlie, der wahrscheinlich Karl-Heinz hieß, der Wirt, auch er Sozialhilfeempfänger, der Gritt jeden Nachmittag vom Auto zu ihrem Platz am Tresen schleppte – und zurück. Es wurde auch gesungen, wir sangen unsere Lieder durch: *Heißer Sand, Wir wollen niemals auseinandergehn, La Paloma.* Und wenn wir ganz übermütig waren, kam noch *Marmor, Stein und Eisen bricht* dazu. Gritt sang mit, sprach ja nicht viel, kaum mehr als unser Viehhändler, der Heidegger. Sie sagte eigentlich nur zu Charlie: *Du bist meine Nummer 2!* Und zu mir: *Und du bist meine Nummer 3!* Bestellte ein Bier *Und ihm auch eins!*, und außerdem lächelte sie. Sie hatte zum Glück nie einen Unfall, auch auf ihren Nachhausefahrten: nie. Aber eines Tages las ich in der Zeitung, daß eine Frau Gritt K. vergiftet worden war; und zwar von ihrem Mann, der sich, noch bevor er verhaftet werden konnte, aufgehängt hatte und Gritts Nummer 1 war.

Von den anderen rede ich doch lieber nicht – von den

Schrunden, den Oberflächenwunden, vom ersten Hinfallen mit dem Fahrrad, vom Verschwinden meiner Kindergartenfreundin an, von der zerrissenen Hose, dem aufgeschlagenen Knie, von einst gar keine Rede.

Gritt soll genügen, Stichworte.

Es gab Menschen, mit denen hatte ich für ein Leben gerechnet. Einige starben an der Krankheit, *unserer*... Wir leben ja wie im Krieg, seit zehn Jahren an der Front. Einige von uns werden zurückkehren und überleben.

Einige sind auch weggezogen, so lange bin ich schon hier. Andere, denen ich mein halbes Leben erzählt hatte (in Barhockerhöhe), sind zum Schiffen gegangen und nicht wiedergekommen. Es gibt sogar Menschen, die haben sich meinetwegen tot erklären lassen. Andere haben mir ausrichten lassen, ich sei gestorben (für sie). Andere sind gestorben (für mich). Einige sind tot.

Was bin ich für ein Mensch?

Im Supermarkt kaufe ich zwei Schnitzel, um zu vertuschen, daß ich allein am Tisch sitze; und auch mir selbst gegenüber vertusche ich es, indem ich beide Schnitzel esse.

Man geht zum Schiffen und kommt nicht wieder. Soll ich das jetzt auch so machen? Leute auf der Straße ansprechen, wie ich das in meinem Dale-Carnegie-Kurs gelernt habe, sie gnadenlos anlächeln, sie *um-lächeln* und also abschleppen? Dann sitzen sie bei mir auf meiner Bettkante, in meiner nur aus Nebenzimmern bestehenden Wohnung. Kaum sitzen sie, erkläre ich ihnen, daß es sich hierbei (bei ihnen) um die wichtigste Begegnung meines Lebens handle. Ich gehe kurz hinaus und komme erst am nächsten Tag wieder. Bisher waren alle verschwunden...

Dann sitze ich wieder auf meinem Bett, fast neben mir, neben meiner Einsamkeit. Da finde ich mich in einem Gedicht wieder:

Am Ende sagt
von zweien der eine noch:
Ich hab dich eingelebt in die Verlassenheit
Am Ende sagt
von zweien der andere noch:
Sieh, alles Nahe ist so weit, so weit

*Vom Verschwinden
auf Taubenfüßen*

Es war kalt in Paris, so daß ich, ohne die Reise im geringsten zu bedauern, heute schon zurückfahre ... (Aus meinen Aufzeichnungen.)

Jean Pierre war wie immer, ein wirres Geheimnis, schön anzusehen, schwarz und rot, ein Mensch, den ich immer wieder als Anhaltspunkt eines schöneren Lebens, das ich mit ihm nicht teile, aufsuche. Wir schwärmten von alten Photos und Zeiten, jeder auf seine Art und jeder für sich. Komm doch nach Paris! sagte er. Aber in Paris würde ich in meinen dünnen Kleidern erfrieren, und überhaupt ... Ich bin viel unterwegs! entschuldigte ich mich, meine Lage vertuschend, ich, ein vertuschtes Unglück, ein nicht deklarierter Fall, müßte auf ein schönes Wohnmobil umsteigen, ich habe eigentlich nichts. In Paris könnte ich mir nur ein Leben als Obdachloser leisten, er weiß ja nicht, daß ich als Grabredner (und dies auch noch nur bei Gelegenheit) lebe. Und ich weiß nicht, was Grabredner auf französisch heißt. Er hält mich für einen Schriftsteller. Ich soll ihm aus der Welt der Literatur berichten! sagt er mir, wenn ich wörtlich übersetzen darf. Welt der Literatur! Materielles ist *kein Thema* in der zeitgenössischen Literatur. Den letzten Hungerroman in meiner Weltgegend hat Hamsun geschrieben, artig all seine Fragen beantwortend. Wir gehen ins selbe Lokal essen wie damals. Auf der Seinebrücke, wo wir uns trennen, geht er in eine andere Richtung. Aber sonst ist alles wie am Anfang.

An dieser Stelle in der Eisenbahn fiel mir das Mühlstein-Gleichnis aus der Frohen Botschaft ein: *Aber wehe! ... Es wäre besser für ihn, er würde mit einem Mühlstein in der Tiefe des Meeres versenkt!* dachte ich. Es war kalt in Paris, dachte ich, ohne die Reise im geringsten zu bedauern.

Ich fuhr mit dem Schnellzug durch die Gegend zwischen Bar-le-Duc und Metz, Toul und Verdun. Ein kaltes Frühjahr. Aber ich liebte das Licht im Februar, weil es am hellsten ist, ganz ohne verdunkelndes Grün, am leichtesten, lichtesten, sagen die Lichtkenner...

Metz–Toul–Verdun – – – In dieser Gegend mußte doch A., mein Großvater, gefallen sein, im Trommelfeuer von Ancy-le-Duc-en-Lorain, einem Ort, den er womöglich nicht einmal aussprechen konnte. Ich schaute also, aufmerksamer, zum Fenster hinaus, aber ich konnte nichts mehr von ihm entdecken. Sein Leichnam wurde ja noch ausfindig gemacht und dann auf Kosten der Angehörigen auf unseren Heimatfriedhof verfrachtet. Von da wußte ich alles, der Steinmetz hatte sich mit den französischen Namen Mühe gegeben, der Ort, den mein Großvater wahrscheinlich nicht aussprechen konnte, stand fehlerfrei auf dem Grabstein. Mir blieb nichts anderes übrig, als die Rädelsführer meiner Geschichte zu verfluchen, alle Adjutanten, Kompanieführer, Markgrafen und Kaiser, die meinen Namen auslöschten, ohne ihn wahrgenommen zu haben, die weiterlebten, während er in dieser Gegend, sagen wir: liegenblieb, in einer Gegend, die er bis dahin nicht einmal dem Namen nach gekannt hatte, gewiß nicht richtig hätte aussprechen können: Ich bin bei Ancy-le-Duc-en-Lorain gefallen...

Gefallen – – – Wer sich wohl das Wort *gefallen* ausgedacht hat? dachte ich. Wer sich dafür so ein Wort ausgedacht hat?

Und ich fuhr, von meiner eigenen Nachdenklichkeit gestärkt, mit neuer Kraft weiter. So fuhr ich durch die kommenden Rapsfelder, die Schlachtfelder von Lothringen, von einst. Ich sagte mir dabei: was mich nicht umbringt, macht mich stark, um mir auch etwas zu sagen. So zitierte ich das grausige Sprichwort ins Ungefähre, in blühender Nachdenklichkeit, allein für mich; und von neuem nahm ich am Leben teil, immer wieder. Es war kalt zu Hause, so kalt wie in Paris.

Wir liegen weit zurück. Unsere Heimat liegt auf einer kleinen Anhöhe, auf einem namenlosen kleinen Berg. Man hält noch einmal inne und schaut, bevor es die letzten Schritte hinaufgeht... Unser gemeinsames Dach über dem Kopf... Explore your world... Wer von uns beiden hat es, von hier aus eingeschätzt, weiter gebracht? Lieber Großvater! Es ist gar nichts geblieben von Dir. Ich reise auf Deinen Schlachtfeldern herum und fahre 1. Klasse nach Paris, einer Stadt, die Du von Radolfzell aus im markgräflichen Viehwagen erobern solltest und wohl nie gesehen hast. Vale! Die Birnbäume, die Du gesetzt hast, sind groß geworden, stehen noch und erinnern uns an Dich, aber sonst lebt niemand mehr, der Dich lebend gesehen hätte. Und wenn ich jetzt noch mit dem Schmerz meiner Urgroßmutter komme? Lächerlich? Sie wird doch sehr geweint haben um Dich? Eine Urgroßmutter, noch ein Mensch, den ich nicht kannte, nie gesehen habe, von dem her ich bin... Wir haben doch alle einmal unter demselben Dach gelebt! – – – Unser Schmerz geht mit uns unter. In unserer Gegend bleibt kein Wort von unserem Schmerz. Meine Urgroßmutter hat nicht aufgeschrieben, was war, als der Postbote mit dem Brief kam. Wer kam? Oder war es der Bürgermeister, auch ein Urgroßvater von mir, von einer ganz anderen Seite, die beiden konnten ja nicht wissen, daß sie sich in mir noch einmal treffen würden... So sollte aller Schmerz in mir münden.

Kaum nach diesem Krieg saßen alle auf einer Hochzeit zusammen. In der Zeitung stand, daß Du schon vor Jahren gefallen bist, und daß Dein Bruder nun auf diesen alten

Hof geheiratet habe, Deine Witwe ... Möge es dem neuen Besitzer und seiner jugendlichen Frau auf dem schönen ertragreichen Hofe immer gut ergehen! Dieses Bauerngut ist sehr alt ... – Ich kenne Euch alle nicht, und doch: Ihr steht auf meiner Verlustliste. Ihr seid auf Taubenfüßen verschwunden oder nicht: wart Ihr überhaupt da? Möge es dem neuen Besitzer und seiner jugendlichen Frau ... Wie die Geschichte weiterging? Einen Teil davon kann man auf dem Gefallenen-Ehren-Denk-Ich-weiß-nicht-Mal, das auf unserem Friedhof nach dem letzten Krieg errichtet wurde, nachlesen.

Beim Überfliegen der Namen stieß ich immer wieder auf meinen eigenen, so wie auch beim Durchblättern meines Poesiealbums, den alten Namen in Kinderschrift aus den Zeiten von Caro, Gigi und Frederic. Der Einband war aus Leder und immer noch grün ... wie damals, als ich dieses Ding zum Geburtstag erhielt. Ein Poesiealbum, grün, zum zehnten Geburtstag, ein Mädchengeschenk. Meine Älteren fügten sich meinen kleinen, von Herzen kommenden Wünschen. Was dachten sie sich dabei? Ich als sogenannter Stammhalter, der Stammhalter hatte sich ein Poesiealbum gewünscht ... Als so etwas war ich wirklich erhofft und in die Welt gesetzt worden, wenn ich die Turbulenzen wegen der Schwackenreuter Liliputaner abziehe. Schließlich – sagten wir uns – saßen »wir« seit 1609 in diesem Haus, oder genauer noch: an dieser Stelle, war doch das Vorhaus wegen der Schlamperei einer Vormutter 1772 abgebrannt, hatte doch unser Strohdach, das fast bis zum Boden reichte, Feuer gefangen, von der Küche her, die Küchenmagd hatte Öl verschüttet, beim Küchle-Backen, ich weiß noch ...

Zwei Jahre danach stand das Haus schon wieder, und diesmal war das Strohdach noch größer, und diesmal mit den Namen über dem Scheunentor, wohl für immer, vorsorglich. Wir waren so töricht und glaubten, es müsse immer weitergehen mit uns. Der Stammhalter hatte sich also ein Poesiealbum gewünscht, wohl auch aus einem Verewigungsdrang heraus. Da hinein sollten ihm seine Freundinnen und Freunde, seine Menschen, die er sich ja nicht ausgesucht hatte, etwas schreiben, zur Erinnerung. Gedichte, damals wartete ich auf irgend etwas aus dem *ewigen Vorrat der Poesie,* aber es kamen nur Abziehbildchen mit Rosen und Engelchen undefinierbaren Geschlechts und Verse, an die ich schon damals nicht glaubte. Angelica schrieb:

> Zwei Täubchen
> Zwei Täubchen die sich küssen
> die nichts von Liebe wissen
> die lieben sich so sehr
> aber dich lieber A. lieb ich noch mehr!

Christa schrieb:

> Immer niedlich, immer heiter
> immer lieblich und so weiter
> stets natürlich aber klug
> nun das dacht ich wär genug!

Das gefiel mir überhaupt nicht. Ich wollte die Seite sogar herausreißen. Doch das wäre in unserer Posiealbum-Welt, in der man immer wieder zusammenkam, um sich die Eintragungen zu zeigen, so wie sich die Erwachsenen die Kühe, Briefmarken oder Kunstwerke zeigen, ein Verbrechen gewesen. Jahrelang überschlug ich Christas Seite ganz mißmutig. Später entdeckte ich, daß ihr Vers von Goethe war. Der einzige Dichter in meinem Poesiealbum und mit diesem Beispiel! Ich muß sagen, daß durch diese Entdeckung das Ganze im nachhinein noch schlimmer wurde ... Aber ich will dieses grünliche Dokument meiner Vergänglichkeit aufbewahren, so lange wie diese dauert.

Alles Namen darin von Menschen, die schon verschwunden sind. Ich lese: Deine Großmutter, Dein Großvater, Deine Großmutter, Dein Großvater, Dein-Deine-Dein-Deine-Dein-Deine-Dein-Deine-Dein-Deine-Dein: die meisten leben wohl noch. Ich aber muß sie für dieses Leben zu den Verlorenen zählen, sie hiermit als vermißt melden, sie aufgeben: alle, die *für immer* und *auf ewig* und *Dein* in mein kleines Quadrat geschrieben haben, ihr Engelchen dazuklebten, ihr Papier-Vergißmeinnicht.

Eine damals Zehnjährige schrieb mir:

> Wenn du einst nach vielen Jahren
> diesen Album nimmst zur Hand
> denk daran wie froh wir waren
> auf dem gleinen Schülerbank
>
> Deine Emma (das Datum kann ich nicht
> wissen. Das Kätzlein hat mir
> auf den Kalender gesch.)

Wie hellsichtig! Was für ein Vierzeiler! Meine letzten Dichterinnen der Romantik. Und nun: explore your world ...

Es waren Menschen, die ich gewann und verlor, durch den Tod, aber auch vorher schon, indem sie einfach verschwanden, indem ich verschwand, immer wieder, vom Land in die Stadt ziehend, vom Westen in den Osten, von Norden nach Süden, über dieses und jenes Gebirge. Ich lernte bald Französisch. Kleine, charmante Sätze halfen mir über *das Geheimnis,* über die so genannte Leere hinweg: *C'est la vie.* – – – So verschwand schon, bevor ich diesen Satz sagen konnte, meine Kindergartenfreundin. Eine Hand zog sie eines Abends um fünf vom Kindergartentürchen weg in eine andere Richtung; und ich wußte nicht, daß dies »das letzte Mal« und »c'est la vie« war. Nur keine

Tragödie! Nur kein Theater! Ihren Namen habe ich gewiß nie vergessen. Immer noch verbinde ich ein Mädchen mit diesem Namen, noch nicht ganz sechs Jahre, das aus meinem Leben verschwand, anscheinend ohne jede Notwendigkeit. Als ich sie wiedersah, stand sie mit einem etwa dreijährigen Mädchen vor mir, das Oma zu ihr sagte. Ich fragte nach ihrem Leben ... Die jüngste Großmutter Süddeutschlands also, 29 Jahre war sie alt, als ihr erstes Enkelkind das Licht der Welt erblickte ..., dachte ich, vor ihr stehend. Ob ich jetzt *Oma* zu ihr sagen müsse? fragte ich, als ob ich scherzen wollte mit ihr, wie damals, als wir miteinander scherzten, als ob wir uns nicht liebten. (Gewiß nur eine Kindergartenliebe.) Doch jetzt bestand sie darauf, daß auch ich sie *Oma* nannte, um das Kind nicht mit zu vielen Namen zu verunsichern, wie sie sagte. Und du? Du bist *Kavalier der Straße!* Ich gratuliere dir! Sie hatte es im SÜDKURIER gelesen. Ich hatte bei einem der Unfälle, auf die ich auf meinen Fahrten stieß, Erste Hilfe, Mund-zu-Mund-Beatmung geleistet und damit möglicherweise ein Leben fortgesetzt, und dafür auch noch die Auszeichnung vom Landrat von Konstanz bekommen. Das war im SÜDKURIER abgebildet, wie mir der Landrat die Urkunde überreichte; und aufgrund des Photos mit meinem Namen darunter hatte sie mich überhaupt erkannt und angesprochen, als sie beim Spaziergang auf unserem Friedhof auf mich stieß und gleich meinen Namen wie eine Frage vor sich hinsagte: Du? Bist du es? Wir hatten uns schließlich seit jenem Abend gegen fünf, als wir uns vom Kindergartentürchen weg aus den Augen verloren, nicht mehr gesehen. Doch sie wußte fast alles von mir. – – Wir ziehen immer weiter. Einige von uns verunglücken, bleiben liegen, aber für die Überlebenden gibt es zum Glück den *Kavalier der Straße* und das Rote Kreuz; und wenn wir uns im Gebirge versteigen, kommen sie mit dem Hubschrauber und holen uns zurück. Gabi lebt, ist die jüngste Großmutter, während ich mehrfach ausgezeichneter *Kavalier der Straße* bin.

Aber unser Versprechen (ewige Liebe, später heiraten) haben wir nicht gehalten. Damals mußten Tränen herhalten zum Beweis, daß wir uns immer lieben wollten, zum Beweis, daß wir... daß wir... daß wir... waren. Die Tränen unserer Kindheit, schauerlich weit weg.

Auch mein Monsignore, Franz Sales, hat geweint, als ich ihn zum letzten Mal besuchte. Er ging zwischen seinem Vogelkäfig und mir hin und her. Viel zu viel Futter! stöhnte er.

Unser Leben wird von Tränen begleitet, von Menschen, die von uns weggehen. Franz Sales hat auch nur geweint. Er griff mit seinen dicken Händen nach mir und umarmte mich *alla romana*. Einen letzten, feuchten Schmatz gab er mir noch. Vor seiner Haustür stehend war ich damals (vielleicht nur augenblicksweise) froh, ihm und allem entronnen zu sein. Und heute? Er werde für mich da sein, beten, sagte er, der Titularbischof, das arme Schwein, auf meine Rückkehr hoffend, umsonst. Mit diesem Versprechen – für mich da sein – hatte mich schon meine Großmutter in den Schlaf gewiegt, sie, die dieses Versprechen nicht halten konnte, nun ein Leben lang vermissend.

Bei einem unserer Abschiedsabende (unser Abschied zog sich über Tage hin) im *L'eau vive* platzte noch die Eiterbeule... Mein Eiterzahn nahm auf Ort und Zeit, Essen und Abschied keine Rücksicht. In der vorangehenden Nacht hatte ich noch einen Traum: das Gesicht von Franz Sales lag als Sandwich auf meinem Teller, im Flachrelief. Ich weiß nicht, was schlimmer war: dieser Illusion gebliebene Alptraum oder der unbezweifelbare Geruch der aufplatzenden Eiterbeule im *L'eau vive*. Ich hätte sie hinunterschlucken können, aber ein Reflex bewirkte die andere Richtung, diesen Teller zwischen Franz Sales und mir. So wollte es der Zufall oder das Schicksal, daß unser letztes Essen im *L'eau vive* eines der unvergeßlichen blieb.

Immer gab es Menschen in meinem Leben, die weiterhalfen; und schon war eine indische Nonne da, die lächelte, zwei Nonnen, die lächelten und dabei die Tischdecke wechselten, so wie sie auch die Wäsche gewechselt hätten, wenn wir ins Bett gemacht hätten.

Da dies nicht alles sein konnte, fragte mich Franz Sales, ob er mich noch einmal nach Nettuno einladen dürfe. Dort stand die Casa Helios, die auch der Kirche gehörte, nicht weit von der Stelle, wo die heilige Maria Goretti von einem Lustmörder getötet worden war, der nach zwanzig Jahren Gefängnis auch im Kloster landete. Noch einmal!

Heilige Unschuld! Wir forderten eben zuviel voneinander. Die Ansprüche waren ja schon an einen gewöhnlichen Mann oder Menschen sehr hoch.

Seitdem Franz Sales seine Mutter nicht mehr hatte, allein Mutterphotographien geblieben waren, bis hin zu den Beerdigungs- und Grabphotos, die überall herumstanden und herumhingen, hatte er sich mir zugewandt. Ich hätte sagen können: nun stürzte er sich auf mich. Ich tat so, als ob ich es nicht merkte. Er tat auch so, als ob er es nicht merkte. Wir taten so, bis wir uns alle für immer aus den Augen verloren.

Ein weiterer Mensch, der verschwand, war Gianna. Sie hat mir etwas Italienisch beigebracht. Zu meiner Ehre muß ich sagen, daß ich sie, nachdem ich von der Ewigen Stadt weggegangen war, immer wieder gesucht habe, einzig die Erinnerung konnte mir dabei helfen. Ich hatte ja sonst nichts mehr von ihr, nicht einmal mehr eine gültige Telefonnummer, sie ist mir heute bis auf die Erinnerung, meine *zweite Gegenwart*, verloren. Zu meinen Zeiten blühte sie, ich habe sie nur blühend gesehen. Und so bleibt sie.

Gianna hatte es geschafft, bis in den Vatikan vorzudringen, bis zu uns zukünftigen Priestern. Sie kam zu mir – – – umsonst. Wir hatten nichts voneinander. Alles, was wir voneinander hatten, war auch nur, daß wir nichts voneinander hatten, außer daß wir uns etwas anfreundeten und zweimal eine Art Ausflug in die Gegend von Terni machten – und an den Trasimenischen See. Ein griechisches Gesicht hatte sie. Ihre Vorfahren kamen aus Tunesien oder der Türkei. Ihr Vater lebte jetzt in Australien, die Mutter in Palermo; und sie selbst war in New York geboren – oder in Neuseeland, ich weiß nicht mehr. Ein griechisches Gesicht, der Unterricht war von Anfang an ganz italienisch, die Schüler bayerisch, wenn ich mich nicht dazuzähle, (korrekterweise) altbayerisch waren sie. Sie brüsteten sich in diesem Unterricht bald mit ihrem rollenden R und der angeblichen Verwandtschaft des Bayerischen mit dem Italienischen und mit ihrem altbayerischen Vorteil. Dagegen trumpfte ich mit meinem klaren A auf und warf mehrfach hintereinander mein *Abraham a Sancta Clara* in den Raum, was sich auf Bayerisch wie die erste Variation von Drei Chinesen mit dem Kontrabaß anhörte: *Obrohom o Soncto Cloro* hörte ich die ganze Zeit. Wie sie mich nachäfften! Auch wenn mein R nicht rollte, sondern krächzte, wie eben ein alemannisches R, so warf ich doch immer wieder mein alemannisches A in den Raum und ließ durchblicken, daß ich diesen Figuren im Französischen überlegen ... und – außerdem – mit Heidegger und *Abraham a Sancta Clara!* – – – verwandt sei.

Wir taten so, als ob wir zusammen Italienisch lernten, was tatsächlich nie geschah, gleichgültig, ob wir aus dem Bayerischen Wald kamen oder nicht. Das Italienische war für uns alle ein unmögliches Ziel. Bald flüchteten wir uns in andere Gegenden, ein Umzug stand an. Gianna zog mit ihrem Mann und der gemeinsamen Tochter Uljanov (von Uljanov, dem Geburtsort Lenins) vom Fuß des Testaccio zum Monteverde nuovo. Sie brauchte Handlanger. Eine ganze Reihe zukünftiger Geistlicher (unter ihnen ein zukünftiger Bischof) half den beiden (niemals rechtlich Verheirateten) dabei. Wir sehen, wie großzügig Rom war, bei den kalten Protestanten hätte es so etwas nicht gegeben, ich weiß. Der Haushalt stellte sich bald als Kommunistenhaushalt italienischer Provenienz heraus, bedeutete also gewöhnlich nicht viel mehr als etwas nördlicher die Folklore, die es so in Italien glücklicherweise nicht gab. Wir schleppten die Bandiera Rossa, die Bilder von Palmiro Togliatti und Gramsci von der einen Wohnung in die andere. Am Abend des Umzugs setzten wir uns auf den Boden. Giannas Mann griff zur Gitarre, und wir sangen die Bandiera Rossa und die entsprechenden Lieder, die italienischen Partisanenlieder, die alle sehr schön waren: außerdem freilich Questa Mattina mi son' alzato: o bella ciao, bella ciao, bella ciao, ciao, ciao. Und im Herrgottswinkel hing halt die Bandiera Rossa. Das klang nicht so schlimm wie *die Rote Fahne*. Die Bandiera Rossa konnte ich vor meinem Gewissen vertreten. Damit konnte ich als zukünftiger Priester leben. In den Vatikan war Gianna über einen Onkel gekommen, einen Geistlichen der mittleren Ebene, immerhin schon Titularbischof und mit dem Recht auf ein Grab in der Kirche. Ich halte diesem Onkel zugute, daß er wenig oder gar nichts vom Treiben seiner Nichte wissen konnte oder wissen wollte. Auch hier gilt in Rom als oberster Grundsatz die Toleranz des Nichtwissens. Und erst ihr Pelzmantel! in den gehüllt sie an meinem neuen Wohnort erschien! Es war Anfang Oktober, fast noch Spätsommer; sie wollte mir nur zeigen, wie kalt es bei mir war. Dieser Pelzmantel, in den gehüllt sie auf Unglauben stieß, als sie in der Mensa und Cafeteria der Universität agitieren wollte, von den Taten der Kommunisten Roms berichten (die Ewige Stadt war damals offiziell kommunistisch) wollte und auch noch mit mir nach Stammheim fahren ... Man hatte im Fernsehen und der zugelassenen Presse gemeldet, Ulrike Meinhof habe sich gerade umgebracht. Natürlich glaubte das kein anständiger Mensch. Aber nach Stammheim fahren, mit Blumen im deutschen Herbst? Ich sagte ihr, daß dies nicht möglich sei, daß wir verhaftet werden würden, ich verhaftet, sie auch, später abgeschoben, allein schon der Blumen wegen... Da schlich sich Verachtung ein für mein Leben. Sie zog sich von mir zurück. Vielleicht schon deswegen, weil ich mich auch mit Blumen nicht an Ulrike Meinhofs Grab traute. Schon in der Umgebung Roms, in manchem Partisanenlokal, wo die Partisanenlieder abgesungen werden wie in Bayern die Weißwurstlieder der Reihe nach, waren Zweifel an meinem Rot aufgekommen. Höchstens *rosa*, niemals *rossa*, hieß es. Doch ich leugnete, wie Petrus. Der Onkel wußte von alledem nichts; und was war es schon: Jeder Bischof in Italien, der etwas auf sich hielt, hatte eine kommunistische Nichte, das heißt eine Verwandte oder Bekannte, die *I ceneri di Gramsci* las, die die Partisanenlieder liebte, und einen Mann, mit dem zusammen sie *Addio Lugano bella* sang, in der Partei war und auf die Bücher der unsäglichen I. Feltrinelli (einer geborenen Nudelhuber) hereinfiel. *Addio Lugano bella sang,* und dabei blieb es. Auch ich liebte diese Lieder und sang manchen Abend auf dem Monteverde nuovo (deutsch: Neu-Grünberg) mit, und dabei blieb es. Es konnte vorkommen, daß wir bei unserem Wein und unserer Jugend noch zum Petersplatz hinunterfuhren (mit Giannas DueTscheWu) und zum stets erleuchteten Papstfenster hinauffluchten. (Das war die Kehrseite von Franz Sales und all seinem Gepränge, die Kehrseite von mir.) Das war Petersplatzfolklore, mehr nicht. Ebenso die Pläne, die wir, zu diesem Fenster hinaufschielend, faßten, die Giftanschläge über den Onkel oder Franz Sales als Werkzeug... Alles nur Theorie, Unschuld der Jugend, Petersplatzfolklore... Im Grunde waren wir nur für Melodien anfällig.

Wie ging es mit Gianna weiter?

Die kleine Uljanov dürfte schon ausgeflogen sein. Und ihr Mann? Ich hörte, daß sie in der Immobilienbranche tätig gewesen sein sollen und möglicherweise immer noch sind. Ich weiß nur, daß sie die Villa von Mario Lanzas Sohn Mario Lanza gekauft haben, Konkursmasse, fünfzehn Bäder, Carrara-Marmor etc. Da habe ich die beiden noch einmal besucht. Mir wurde eines dieser Zimmer zugewiesen. Das war schon in der postkommunistischen Ära von Gianna, Roberto und Uljanov. Wir sangen unsere Lieder nicht mehr. Dafür wurden Pläne alternativen Lebens entwickelt. Das erste rein biologische Hotel Italiens ... oder auch eine Schönheitsfarm, ich weiß nicht mehr.

Das alles geschah in einem Zeitraum von zehn Jahren und liegt zwanzig Jahre zurück, eine Geschichte, die bald nach der Mondlandung begann.

Gianna, kannst du mich hören? Siehst du, unsere Geschichte hat auf fünf Seiten Platz. Ich grüße dich, Gianna.

Damals in Rom ... als ich noch Auslauf hatte und Jahre! Ich wußte ja noch nicht, daß sich nach dem Prinzip »Zehn kleine Negerlein« die Welt veränderte, meine Welt. Jedes Jahr fehlte mindestens einer oder auch gleich mehrere. Aber ich merkte es nicht, denn das Schicksal ist gnädig und vertuscht vorerst seine Grausamkeit. So daß ich es weise nannte (und in Jahresschlußdankandachten herumsaß, zu danken dafür, daß es nicht mich erwischt hatte). Tatsächlich ist es hart, härter als der Zahn der Bisamratte, und läßt nicht mit sich scherzen. Es vertuscht sich bis zuletzt. Wir sollen nichts von ihm wissen, bis wir gemeint sind. Ein gutes neues Jahr, ein gesegnetes! wünschte mir Franz Sales im Jahr, als ich Rom verließ. Er wußte es noch nicht. Ich auch nicht. Zusammen begannen wir das Jahr im *L'eau vive*. Jetzt ist auch Franz Sales Obernosterer dem Schicksal anheimgefallen. Es gibt ihn nicht mehr, ungeachtet dessen, ob er noch lebt oder nicht. Er wird noch eine Zeitlang in meiner Erinnerung fortbestehen.

Das Schicksal war damals auch weise und klug, denn was an einer Stelle an Menschen von mir fortgenommen wurde, wurde an anderer Stelle wieder aufgefüllt. 1960 war Kindergartenschwester Maria Radigundis aus meinem Leben verschwunden; und mit ihr war auch meine erste Liebe genommen worden. Aber im selben Jahr schneite es schon meine ersten Schulfreunde, mit denen ich Buchstaben und Zahlen fürs Leben von einer Tafel abschrieb, in mein Leben, und blieben eine Zeit, ein paar Winter, und ich stellte mich als Linkshänder, als Sprachfehler, als ein Kind, das immer noch in die Hose macht, heraus. Sie verschwanden (nach und nach, gewiß, kaum bemerkbar, auf Taubenfüßen), die Völkerballfreunde und -freundinnen, die Doktorspielfreunde und -freundinnen. Aber das einzige, das sie von mir behalten haben, ist, daß sie nichts behalten haben – – – oder vielleicht, daß ich noch in die Hose machte, als sie schon bei der Liebe waren.

Da ich nun (zur Zeit) von den Grabreden lebe, ich ein Wanderer, wohlgemerkt (einen Ausflug in die Pharmaindustrie als deren Versuchskarnickel einer Firma in Neu-Ulm habe ich auch schon hinter mir, ist auch schon fast vergessen), rutscht mir der Tod (oder was wir dafür halten, der Tod, dessen wahren Namen wir nicht kennen) immer wieder heraus, mitten ins Leben.

Franz Sales könnte sich nicht ausdenken, was aus mir geworden ist, daß ich heute auf diese – kleine – Weise lebe, nachdem alles so vielversprechend begonnen hat (wenn ich einmal die Vorgeschichte abziehe). Die anderen, meine lebenden und verstorbenen Verschwundenen und Vermißten – – könnten sie sich das ausdenken? – – – Gianna vielleicht am ehesten: für sie war immer alles möglich. Sie hatte schließlich den Sprung von der KPI in die Immobilienbranche geschafft. War mein Weg demgegenüber nicht viel beschränkter? Mein Weg: konsequenter? Als Priester hätte ich zwar keine Grabreden halten, aber doch auch gelegentlich auf den Friedhof müssen! – – Ich bilde mir auch ein, daß keiner etwas weiß von mir. Ich lasse ausrichten, daß ich irgendwo anders lebe und daß es mir gut geht. Gelegentlich fahre ich mit meinem 190er (Leasing, gebraucht) nach Hause, um zu sagen, daß es mir gut geht. Eine Kindergartenfreundin fragt: wo sind deine Kinder? Ich frage sie nach der (geliebten) Kindergartenschwester. Die sei gegen ihren Willen nach Nordbaden versetzt worden und bete den Rosenkranz mit, der von einer Tonbandkassette komme. Das schreibt sie uns Kindern von einst. Ich frage sie nach dem Kindergarten. Unser Kindergarten? Ist geschlossen.

Wir atmen bis zuletzt. Was uns am Leben hält, ist nichts als Atem, zusammen mit dem kaum beachteten Herzschlag. Dann soll uns der Tod holen. Aber schon vom Kindergarten weg mußte ich doch zu Fuß nach Hause, mit den anderen, die dieselbe Richtung hatten wie ich. Der Kindergarten ist nun geschlossen. Ein Ordensschwestern- und Kindermangel (wieviel das eine mit dem anderen zu tun hat, weiß ich nicht) hat dazu geführt.

Noch im nachhinein verlangte mich nach dem Tod, dem süßen, dem Einschlafen nach schneller Müdigkeit, und ich liebte den Wald des Zimmermanns und seine Bäume.

Mit der *gesunden* Langeweile, dem Anreiz zu den größten Leistungen (sagte Lucy), war es lange aus. Kaum noch morgens auf die Beine und in die Kleider...

Angelika, eine gesunde Frau aus dem Volk, urbayerisch, aus der Katholischen Landjugend; ich hatte sie bei einem KLJB-Treffen kennengelernt (KLJB: Katholische Landjugend-Bewegung), zwang mich an einem vierten Adventssonntag wieder einmal, in der Bahnhofsapotheke zu München eine Packung Pariser zu kaufen. Für uns, sagte sie – wieder einmal. Sie wartete vor der Apotheke auf mich, scheute sich nicht, durchs Fenster – – Aber wie murrte sie, herrschte sie mich an, als ich nur mit einem Dreierpack herauskam. Das soll alles sein! Sie herrschte mich an, weil ich selbst wegen dieser geringen Menge errötet war. Und wie sie mich ausschimpfte wegen meines wiederholten Errötens; und wie sie es genoß! Esel! hatte sie mich schon beim ersten Mal genannt. Sie legte Hand an mich. *Mai, wia oagschiggd du biest!* höhnte sie. Aber wie ich wuchs! Und wie ich in den Pariser hineinwuchs! Und wie (schon beim ersten Mal mit ihr) die Vorhaut platzte! Und wie schließlich die Ledersitze verspritzt waren! Und wie schön die Liebe war! – – – Ich wußte keinen anderen Ausweg mehr, als mir das Leben zu nehmen, oder mich dieser Welt, Angelika gegenüber für tot zu erklären. Glücklicherweise kam mir noch einmal Rom zu Hilfe. Ich hatte an einem Preisausschreiben des TINA-Versandes teilgenommen und auch gleich den Hauptgewinn, eine Woche in Rom, gewonnen. (Wie jeder dritte, der am Preisausschreiben teilgenommen hatte.) Wie sich herausstellte, mußte die Reise selbst bezahlt werden. Die meisten Gewinner, die sich am Flughafen Kloten eingefunden hatten, weigerten sich. Aber da ich nun schon einmal auf dem Weg nach Rom war, bezahlte ich den günstigen Teilnehmer-Preis und bestellte auch noch die aufheizbare Bettdecke ... Das Flugzeug war eine ganz liederliche Boeing 707, die von der AIR CONGO gechartert worden war und auf dem Rückflug auch abstürzte. Und obwohl alle, auch der Kapitän, auf dem Hinflug schon Todesangst ausgestanden hatten, war ich doch der einzige, der auf einen Rückflug mit dieser Maschine verzichtete und so noch einmal davonkam. Meine Angst hat mir wieder einmal das Leben gerettet. Die anderen aber sind irgendwo ins Meer gestürzt, man weiß nicht einmal, ob in die Adria oder ins Tyrrhenische Meer, denn einen Flugschreiber hatte diese Maschine nicht, auch keinen Funk, nehme ich an. So weit, so gut. - - In Rom löste ich mich sofort von der Gruppe und spielte kurz mit dem Gedanken, bei Franz Sales zu klingeln, einem Gedanken, den ich sogleich verwarf. Das Hotel der Hauptgewinner existierte gar nicht, wenigstens nicht mehr zum Zeitpunkt der Reise. So ging ich in eine Pension bei der Stazione Termini. Dann trieb ich mich in Rom, der Ewigen, meiner Stadt herum, alles vermeidend, was mich hätte mit meinem Leben von einst in Verbindung bringen können.

Nach einigen Tagen konnte ich im MESSAGIERO lesen, daß eine von der AIR CONGO gecharterte Maschine auf dem Weg nach Kloten verschwunden sei. Man wisse aber nicht, wo … Was für ein schöner Zufall! kam es mir. Denn ich wußte schon, daß in Rom keine Passagierlisten erstellt werden. Ich konnte also getrost davon ausgehen, daß ich zu den Toten gezählt würde; und so war es auch. Als ich (in einer Art Tarnanzug) nach F. zurückkehrte, konnte ich schon einen kleinen, wirklich schäbigen Nachruf lesen (dachte ich). Ich mußte mir also um mein Weiterleben vor Ort keine Gedanken mehr machen und konnte auch Angelika, die Banken und alles getrost vergessen.

Das war meine Fahrt nach Rom. Als ich nach Hause zurückkehrte, waren Jahre vergangen, wie im Flug oder nicht wie im Flug, und ich hatte verloren, was am Anfang der Reise stand. Sagt man dafür: den Glauben? Nein, nicht den Glauben, nicht in Rom. Seit dem Tod von Caro, Gigi und Frederic habe ich ja den Glauben verloren. Es war freilich nur ein Kinderglaube.

Der Himmel über Steinhausen

Unsere Mutter hat uns mit Kraut und Kartoffeln gefüttert, mit Milch und Blut, Fleisch und Blut – es war ein Leben auf einer Kraut- und Kartoffelbasis. Nie gab es Nudeln, und dies, obwohl wir alle am Rand der schwäbischen, sauschwäbischen Welt angesiedelt waren. Unsere Mutter mit ihrem französischen, slowenischen oder jüdischen Namen hatte eine Abneigung gegen Spätzle, und so stand die schwäbische Nudel nicht auf unserem Lebens- wie Speiseplan. Unsere Kartoffeln wie Blutwürste wie Erinnerungen wie Menschen verlieren sich wie unsere Reisefreundschaften.

Daß wir Reisegefährten uns auf Taubenfüßen aus den Augen verlieren!

Auf unseren Fahrten waren wir ja nie so recht allein: immer hatten wir – wechselnde – Gefährten bei uns, denn fertig kommt von Fahren, fährtig, zur Abfahrt bereit. Inseln müssen herhalten, Erinnerungen. Mit Schubert im Ohr (Deutsch-Verzeichnis 964) stehe ich bald *an Fliederbüschen, blau und rauschbereit.* Wir sind auf dem Rückweg von der Kreuzlinger Tante. Die Saaltochter (das Fräulein, die Bedienung, die Wirtschaft) hat gesagt: *S'duedene nüt!* Schon in der ersten Kurve muß ich kotzen. So war es immer: *S'duedene nüt!* – Es tat nichts, machte nichts, tat nicht weh, war halb so schlimm, gleich vorbei. Ich kotzte, und alles war gut. Das kann ich von meiner ersten kleinen Reise an bezeugen, und ich weiß, daß es wahr ist: schon in der ersten Kurve habe ich mich übergeben.

Und doch: Unser langer Atem, über Orte, Jahre und Menschen verteilt – *Wie sind die Orte von Verwehtem durchjagt!* (Benn: »Liebe«) – – – wird nie enden. *S'duedene nüt. – Das macht nichts! – C'est la vie!:* Wenn es schon keine Menschen fürs Leben gibt, so gibt es doch Sätze. Unsere Reisefreundschaften – Wir wissen ja, daß keine Post kommt, irgendwann keine Post mehr kommt. Daß sie uns zu Hause besuchen, uns im Unterrock am Fenster stehen sehen – – – Nein! Aber auch jene, mit denen wir gemeinsam aufgebrochen, die neben uns geboren und gewachsen sind, mit denen wir vielleicht sogar eine Zeitlang das Leben geteilt haben, dürften nur unser Ausgehgesicht kennen ... Selbst im Bett (mit ihnen) versuchen wir, eine gute Figur zu machen, bleiben wach, bis sie eingeschlafen sind, damit sie unser Schnarchen nicht hören. So sind wir halt: wir wollen ankommen bei denen, die uns verlassen-haben-werden. Allein unser Ausgehgesicht, unsere Reisemiene kennen wir voneinander. Wie es bei uns zu Hause ist, wissen wir nicht. Wie wir in unseren eigenen vier Wänden sitzen, in unseren Wänden, wie wir da nach dem Rotweinglas greifen, uns per Fernbedienung, per Knopfdruck in der Welt herumtreiben.

Reisten wir eine Strecke zusammen, waren wir schon von Anfang an ganz vergnügt. Eine Reise ... Kaum im Auto, kaum über das Schwackenreuter Wäldchen hinaus, hatten wir schon Appetit, waren wir schon dabei, die ersten Salamibrote auszupacken, als ob das Ganze ein Ministrantenausflug wäre. Ja, wir begannen vielleicht auch noch zu singen. In den Pausen erzählten wir uns Geschichten, vom Leben, und waren in Fahrt. Wir hatten Appetit schlechthin. Wir blinzelten in der Sonne, cremten uns ein, träumten. Freuten uns aufs Abendessen – – – Saßen wir beim Essen, waren wir schon ganz gierig aufeinander. So folgte eine Gier der anderen. Wir waren von einer unbeschreiblichen Gier und Geilheit auf der Welt. Und standen wir in unseren Getreidefeldern, kam bald der Durst. War dieser aber gestillt und das Glas an seinen Platz im Schatten unter dem Birnbaum zurückgestellt und waren wir an unseren Platz im grellen Sommerlicht zurückgekehrt, kam die Sehnsucht nach dem Schatten und das Verlangen, auszuruhn, zu schlafen ohne Ende. Ohne Ende sollte es sein, denn unsere Sehnsucht war ohne Maß. Der Heuberg, die Grenze, war nur ein erster Anhaltspunkt. Unser Blick streifte über den Heuberg, die Heuberge hinweg, die blauen Bänder winkten: *dort* wollten wir sein, und über dort hinaus. Sie wurden immer blauer, bis es Abend war und Nacht. Längst waren wir nach Hause zurückgekehrt und hatten uns an den großen Tisch gesetzt. Damals waren wir nie allein: Taubenfüße müssen herhalten, wenn ich sagen soll, wie es war – – –

> *An den Anfang der Erinnerung das Staunen, das Staunen, daß ich dagewesen sein werde, ich, und nicht der Schmerz, der Schmerz allein. An den Anfang des Lebens aber den Schmerz. Im Anfang war der Schmerz und ich regte mich. Es tat weh und ich war da. Es blendete mich und ich schrie. Ich schrie und war da. Lag da und schrie und lebte. Schreien und leben war eins.*

Andere im Gefängnis, die Gefangenenältesten, die schon alles kannten, kamen an unser Bett und kümmerten sich um uns. Sie gaben uns zu essen, wenn wir schrien, sie deuteten unser Schreien als Hunger und gaben uns zu trinken, als ob sie gewußt hätten, was uns fehlte. Die Stubenältesten unserer Existenz trösteten uns, indem sie unser Geschrei verneinten. Sie nahmen uns mit ihrem Ist-ja-schon-gut! auf den Arm. Sie nahmen uns mit Sätzen auf den Arm, die wir nicht verstanden. Wir schrien. Sie wiesen uns ein. Sie wiesen uns in unsere gemeinsamen Wände ein. Bald sprachen wir ihre Sprache, die wir nicht verstanden. Wir plapperten einfach die Wörter nach, wie wir die Dinge, die sie uns in den Mund schoben, schluckten. Wir wurden auf die Beine gestellt. Bald standen wir aufrecht im Leben. Auch sagten wir Mamma. Wir sagten einfach etwas, und es war Mamma, weil wir nicht mehr mitanhören konnten, wie die Armen auf uns in unserem Gitterbettchen einredeten: *sag Mamma!* Und wir standen mit einem Mal, weil wir keine Lust mehr hatten, zusammenzubrechen, hinzufallen oder immer nur auf irgendwelchen Armen zu sitzen oder zu liegen.

Ich staune, was zuerst war: ein erstes Stehen, das sich bald zum Gehen wandte, oder ein erstes Wort, an das ich mich nicht erinnern kann. Wodurch richtete ich mich am meisten ein, hier, im Leben, meine ich?

Im Laufstall machte ich meine ersten Gehversuche, ich weiß. Mit dem Wort *Mamma* machte ich mich auf den Weg.

Wir hatten (also) Hoffnung. Diese grausame Hoffnung! die nun einmal in uns ist, dieser Hoffnungsschmerz, der uns quält und am Leben hält, das heißt: an einem Ort zurückhält, wo irgendwann zum Beispiel schon ein Hühnerauge den Mann aus dem Schlafzimmer treibt, ein Hühnerauge, eine Krampfader oder so viel wie nichts aus uns getrennte Leute macht. Am Ende kommt ein wohlbestallter Theologe daher, der uns sagt, daß wir nicht tiefer fallen können als in die barmherzige Hand Gottes. Wir flüchten uns in die Leidenschaften. Wir wählen die entfernteste Wissenschaft: präkolumbische Figuren. Wir sagen: Kunst. Wir sagen: 7. Jahrhundert vor – (Terminus ad quem) Wir haben Holzfiguren vor uns stehen und wissen nicht, ob sie einst Götter oder Spielzeug waren. Wir wissen nur: es handelt sich um Grabbeigaben. Wir wissen nur, daß man sie aus Gräbern geraubt hat. Wir wissen nur, daß wir wissen, daß wir nichts wissen.

An dieser Stelle sollte ich noch etwas über unsere Einsamkeit sagen ...

Auf dem Weg zur Zwangsversteigerung unseres Anwesens, meiner *Heimat* (so wird die Geschichte nämlich zu ihrem vorläufigen Ende kommen), kam ich an unserer kleinen Dorfkirche (aus dem 9. Jahrhundert *nach*) vorbei. Da war gerade Abendmesse. Eine Alte mit Kopftuch hatte den Türgriff in der Hand, ich konnte einen Blick hineinwerfen ... Meine zweite Heimat ... Welche Sehnsucht? Von hier aus der Kommunionausflug, führte nach Steinhausen, zur *schönsten Dorfkirche der Welt,* was sage ich: in den Himmel. (Ich darf doch gegen Ende etwas übertreiben?) Es war am Tag nach der ersten heiligen Kommunion. Über Steinhausen habe ich den Himmel gesehen, in seinem Licht sah ich das Licht, ich hörte die Engel singen (sie sangen: Cum Sancto Spiritu in Gloria Dei Patris; Allahu akbar), mein Schutzengel war auch da, sang mit.

Erinnerung, Advocatus diaboli meiner Gegenwart: es war doch Gesang und Licht und oben?

Wir kehrten zurück. Auch im Bus wurde noch gesungen, Kinderlieder, wenn die bunten Fahnen wehen. Aber dann näherten wir uns dem unvermeidlichen Wald, hinter dem mein Leben lag. Ende des Kommunionausflugs.

Ich war einmal im Himmel, ich weiß noch. Die Erinnerung täuscht, betrügt, betrügt mich nicht, ist langmütig, gütig, ereifert sich nicht, prahlt nicht, bläht sich nicht auf, handelt nicht ungehörig, sucht nicht ihren Vorteil, läßt sich nicht zum Zorn reizen, trägt das Böse nicht nach, freut sich nicht über das Unrecht, sondern an der Wahrheit, erträgt alles, glaubt alles, hofft alles, hält allem stand. Die Erinnerung hört niemals auf. Jetzt erkenne ich unvollkommen, dann aber werde ich durch und durch erkennen, so wie ich auch durch und durch erkannt worden bin. Für jetzt bleiben: Glaube, Hoffnung, Erinnerung, diese drei, doch das größte ist die Erinnerung: $36 \times 12 \times 10$, meine Wände, die Wände meiner Erinnerung, aufgebaut vom Vater meiner Urururgroßmutter nach dem Brand von 1773, schöner als je, in der Mitte ein Kachelofen, lavendelblau, meine Erinnerung, mein Hund, meine Sau, mein Leben, mein Schmerz, mein Grundriß.

Schluß mit den Apologien!

Nachspiel

Immer noch habe ich die Hoffnung auf eine schönere Fortsetzung, an anderem Ort? Wer weiß.

Mit ganz anderen Menschen als am Anfang: gewiß. Die Hebamme? Sie hat mich mit einer Zange ins Leben geholt. Sie hat mich mit einer Schere von meiner Mutter getrennt. Sie hat mich zum ersten Mal gewogen. Die Kindergartenschwester Maria Radigundis? Ihre Haare unter einem Schleier, nie gesehen. Ihre Sommersprossen? Von denen durfte ein Kind nicht reden. – – – – Die Mutter?

Mit ganz anderen Menschen als am Anfang...

Wir gehen tausendfach durch den Kaufhof. Wir tragen uns mit uns herum und geben den Glauben, daß alles gut wird – so sagen meine Kronzeugen: die Hebamme, die Kindergartenschwester, der Arzt beim Abstellen der Geräte, der Priester bei der Letzten Ölung –, nie ganz auf, ungeachtet dessen, was wir ein Leben lang sagen und denken, und ganz gegen jegliche Vernunft. Mit ganz anderen Menschen um uns herum als am Anfang, ist am Ende einzig unser Glaube, daß alles gut wird, der alte. Anfangsmenschen, Zwischenzeitmenschen, Endmenschen, von denen wir *es* (daß alles gut wird) noch einmal gesagt bekommen, ob wir es noch hören oder nicht – – – und dann versickern wir, anders und unbeschreibbarer als das Wasser im Sand oder der Sand selbst. Wir werden uns aus den Augen verlieren. Doch genau an der Stelle (der Geschichte), wo wir sagen müßten: *Es ist alles aus,* sagen wir *Es wird alles gut,* und einige von uns weinen vielleicht noch dazu.

Mich verlangte nach einer oberschwäbischen Seele, einer *warmen Seele*, einer Speckseele mit geröstetem Speck, zwischen den beiden Seelenteilen, die meinen Hunger gestillt hätte.

Mich verlangte nach meinem ersten Hund, den ich sogleich *Caro* getauft hatte, und ich weiß nicht, ob *Fleisch* (lat.) oder *Geliebter* (ital.) oder sonst etwas, ein Kartenmuster. Er wäre ein Leben lang bei mir geblieben, ich weiß. Aber er wurde vor meinen Augen (Kinderaugen) überfahren.

Auch nach einem Menschen verlangte mich. Doch anstatt ihn zu lieben (und auch nur so, wie ich gekonnt hätte), erzählte ich ihm Geschichten, als ob dies alles zum Lachen wäre. Dabei war ich so gierig, daß ich das Schlüsselloch ausgeleckt hätte (nein: ausleckte), hinter dem sich das Leben vor mir versteckte. Das Bett, das Schlafzimmer, die Welt war abgeschlossen vor mir, und da lagerte eine schwarze Gestalt mit all ihren Löchern.

Nach meiner Scheinbeerdigung war ich erst einmal in die Karibik gefahren, dann nach Tirol; ich wußte nicht so recht, wie es nun weitergehen sollte. Mein Besitz war ja sofort *von den Banken* beschlagnahmt worden, von einem sogenannten Kredit-Institut, das zwei Tage vorher den *Hinterbliebenen* noch ein Standard-Beileidsschreiben (schäbig) hatte zukommen lassen, an meine Anschrift, ich öffnete es. Im Lokalblatt SÜDKURIER konnte ich einige Monate nach meinem offiziellen Ableben die Zwangsversteigerungsanzeige lesen. Mein Freund hatte sie mir zugespielt Da konnte ich lesen, was es zu kaufen gab: ein altes, sanierungsbedürftiges Anwesen, aber auf großem Grundstück, abgelegen und doch verkehrsgünstig etc. Das war schon fast alles. Unser Vieh war ja längst verkauft, abgeholt, geschlachtet, verwurstet, gefressen und so weiter, und so die Schweine. *Alles* tot, bis auf die Birnbäume, die vor mir waren, die weiterblühen werden, bis auf die Würmer und Mäuse und im Sommer die Schwalben, bis auf die Zugvögel und meine Erinnerungen.

In der Nacht, bevor ich verraten wurde, versteckte ich mich auf dem Dachboden über dem Saustall. Er war niemals abgesperrt gewesen. Ich kannte den Handgriff, mit dem die Tür aufging, und so stand ich noch einmal mitten in meiner Vergangenheit. Verkleidet. Wäre ich aber aufgestöbert worden ... Der Leihwagen mit dem fremden Kennzeichen stand oben beim Friedhof. Bei Nacht, so war ich zurückgekehrt, ich hatte wenigstens eine Taschenlampe bei mir. Am anderen Morgen sollte die Versteigerung sein, und von hier würde ich davon am meisten sehen. Um alles zu sehen, war ich hierhergekommen. Auf der einen Seite eine Wand mit altem Holz, verstaubten Reisigbüscheln, auf der anderen eine schießschartengroße Ritze für das Licht. Es war nicht viel anders als damals, als wir hier *Doktor* spielten. Ich sah: Niemand war hier gewesen während der Zeit, als das Anwesen zur allgemeinen Besichtigung offenstand. Bei aller Neugier meiner Menschen von einst: niemand. Da igelte ich mich in meinen Schlafsack ein und versuchte zu schlafen.

Am Morgen wurde ich geweckt von den Geräuschen Schaulustiger, die sich, wie ich durch meine Schießscharte sehen konnte, mit Campingstühlen auf dem Hof eingerichtet hatten. Ich kürze ab – – –

Ich hörte den Hammer des Versteigerers, beim fahrbaren Teil angekommen, dem Mobiliar, der Kutsche, der alten Dreschmaschine ... Es war eine unflätige Stimme, die Zahlen ausrief, nicht anders als in der Meßkircher Heidegger- und Viehhalle, möglicherweise einer von damals, ein Württemberger, das hörte ich. Möglicherweise sogar Heidegger selbst, noch ein weiterer Vetter, der als Vieh-, Ferkel- und Immobilienhändler auf der Rauhen Alb lebte.

Meine Vergangenheit war zu einem Hammer- und Zahlenspiel geworden, zu einer Summe – – – einer beträchtlichen Summe, die sich nur einer mit entsprechendem Kapital leisten konnte. Und ich hätte auch noch sehen können, wie sie mir diese Summe neideten. Sie dachten wohl, meine Vormenschen und ich, alle, die hier gelebt haben, wir wären weniger, nichts wert gewesen. Ich sah: alle waren noch einmal gekommen: populus, populebs, plebs, plebis, maskulin? feminin? neutrum? Und schon war ich mit meinem Latein zu Ende. Wenn ich jetzt hinausträte, nur einen Steinwurf weit weg von ihnen? – – – Aber ich blieb bei mir. In der Menge, von mir abgewandt, waren welche, die hatten früher *Räuber und Gendarm* mit mir gespielt, die waren stärker als ich, ich weiß, und deshalb konnte ich auch heute nicht hinaus.

Irgendwann wird alles vorbei sein! sagte ich vor mich hin, dachte ich mir, wie damals beim Zahnarzt. Und so war es: Irgendwann war alles vorbei. Habe ich überhaupt mitbekommen, wer nun das Ganze gekauft hat? Ob es nun abgerissen wird, ob es überhaupt verkauft wurde??

Ich weiß nur, daß sich die Mühen meines Vorvaters aus Tirol, der in unser Haus hereingeschneit kam und meine Vormutter nicht aus Liebe genommen hat, der unser Leben, das sich auf Liebe *nicht* zurückführen kann, fortgesetzt hat – – – ich weiß nur, daß sich seine Mühen nicht gelohnt haben, daß diese Verbindung aus Besitzgier und Liebe umsonst war, daß er aufs falsche Pferd gesetzt hat, meine Urururururururururururururururururururururururgroßmutter.

Die Leute waren fort. Der Tag der Versteigerung war zugleich mein vierzigster Geburtstag, der letzte, den ich feierte, ein Zufall, ein Tag, fürchterlich heiß. Ich spielte damit, erst gar nicht mehr an die Sonne zu gehen ... Dann ging ich doch wieder. Fünf nach zwölf, als alle beim Essen waren, verließ ich mein Versteck. Aber ich faßte keinerlei Vorsätze mehr, außer dem einen, mich regelmäßig gegen die Sonne einzucremen, und dem anderen, keine Vorsätze mehr zu fassen. Und dabei blieb es.

Ich bin oft vor den Erscheinungen meines Lebens, das einfach war, wie ein Halm wächst, in Verwunderung geraten, und doch habe ich mir dieses Leben schließlich genommen... (so ergänze ich einen schönen Satz). Adalbert Stifter, ein Dichter, brachte Licht in mein Leben, dunkles Licht... *als liege eine sehr weite Finsternis um das Ding herum.* Ich hatte einen Selbstmörder als Lebenshilfe, seine Nachsommerwelt als Trost, diesseits und jenseits von Schwackenreute, einer Ortschaft, *einfach wie ein Halm wächst.*

Mein Leben: *Die Erinnerung sagte mir später, daß es Wälder gewesen sind...*

Die Zitate stammen aus dem autobiographischen Fragment »Mein Leben« von Adalbert Stifter

Nachwort

Das Trotzdemschöne

Das ist ein Ton. Aufrufend, anrufend. »Mein Hund, meine Sau, mein Leben«: Man sollte das vielleicht nicht lesen wie einen Titel, der etwas bezeichnet. Das Begriffliche, das Abstrakte ist schneller zu fassen als das Konkrete. »Schuld und Sühne« oder »Auf der Suche nach der verlorenen Zeit«: das liest man schneller als »Mein Hund, meine Sau, mein Leben«. Ich habe das Gefühl, als müsse man nach jedem dieser Titelwörter zuerst einmal wieder Atem holen. Und damit wäre man schon im Rhythmus dieser Prosa.

Das zweite Kapitel des Buches beginnt so: »In einer Geschichte, die keine Notiz von uns nahm, wohnten wir in unserem Haus unter dem Strohdach mit dem Schmerz als Grundriß…« Zwei Wörter sind die geheimen, des öfteren aber auch auftretenden Dirigenten dieser Prosa: Erinnerung und Schmerz. Ich habe, als ich dieses Buch gelesen hatte, sofort die zwei anderen Romane Arnold Stadlers noch einmal gelesen. Dieser Andrang von Echos. Stadlers dritter Roman ist das dritte Stadium einer epischen Entfaltung, die 1989 mit »Ich war einmal« begann und 1992 mit »Feuerland« fortgesetzt wurde.

»Ich war einmal«, das ist die Herbeschwörung von Kindheit, von untergegangener Vergangenheit. Dann »Feuerland«: Der 35jährige reist aus seinem »Kuhdorf«, das keines mehr ist, nach Patagonien, zu einem Onkel, der, bis der Neffe hinkommt, schon tot ist. Das dritte Buch füllt jetzt zeitlich die Lücke zwischen Kindheit und Weltreise.

Es fängt an »im Bauch der Hoferbin«, erzählt, was dem Erzähler schon vor seiner Geburt angetan wurde, erzählt noch einmal Kindheit und Schulzeit, aber mitleidloser als im ersten Buch, und erzählt dann dazu den Aufbruch in die Welt; diesmal ist es keine Reise, sondern eine Ausbildung, in Rom, als Seminarist des Päpstlichen Collegiums De Sacra Propaganda Fide. Bis zum Doctor Romanus. Bis zur Entlassung aus der Priesterlaufbahn, wegen einer Epilepsie, die keine ist. Bis zu seinem Verschwinden, das dem Erzählenden gelingt, weil er einen Charterflug der Air Congo, der im Mittelmeer oder in der Adria endet, nicht mitmacht.

So überlebt der Erzähler dieser drei Romane als jemand, der für die Welt als gestorben gilt.

Es ist ja doch der Stil, die Sprache, der Ton, der uns Geschriebenes wichtig macht. Mir ist der Ton alles. Er ist die Mitteilung. Und was er nicht mitteilt, das will ich auch auf keinem anderen Weg erfahren. Als ich in Berlin im Mai 1955 zum ersten Mal Günter Grass seine Gedichte lesen hörte, als ich die erste Zeile des Gedichts »Nächtliches Stadion« hörte (»Langsam ging der Fußball am Himmel auf«) und dann die ersten Zeilen des Gedichts »Polnische Fahne«, da hatte ich *meinen* Lyriker, den Lyriker meiner Generation und Gegenwart im Ohr, aus dem ihn, wie ich merke, seitdem kein anderer Lyriker dieser Generation mehr vertreiben konnte.

Ich habe etwa die Begeisterung gebildeter Deutscher über den pompösen Humor aus Lübeck nicht recht mitmachen können, weil ich, als er für meine Generation erschien, gerade ganz belegt war von Kafka. Es gibt sogar Literaturprofis, die sind von einem bestimmten früheren Ton so belegt, daß sie ihr Leben lang nichts mehr mitkriegen. Und weil sie nichts mehr mitkriegen, glauben sie dann, da sei nichts mehr.

Der Stadler-Ton also. Der kann übrigens auch in einem Gedichtband (»Kein Herz und keine Seele«, 1986) kennengelernt werden. Dieser Ton entfaltet sich vom Aufrufen und puren Nennen zum lakonischen Konstatieren und zuletzt zum in allen Präzisionen blühenden Erzählen. Im ersten Buch, lauter kurze, herbeschwörende Kapitel, Präsens-Prosa. »Die Erinnerung fällt vom Fahrrad und bleibt liegen«, heißt das zweite Kapitel. Das erste Kapitel: »Schmerzensfreitag«. So heiße dort im Hochland der Freitag vor Karfreitag, an dem er geboren wurde. Wer wurde da geboren? Ich. »Die Erinnerung wird zum Ichfall. Ich war einmal.«

Was so herbeschworen wird, ist Kindheit. Kindheit schlechthin. Das, was immer war, aber wirklich nicht mehr ist. Daß es im Präsens erscheinen kann, dazu bedarf es eben dieser Sprache, die eher aufruft als erzählt. Namen, Plätze, Zeiten werden aufgerufen und erscheinen. Es werden keine Geschichten erzählt, sondern Hauptsachen aufgerufen.

Aber: Trotz dieses am liebsten aufrufenden Stils kommen noch Geschichten zustande. Es sind ja auch mindestens ebenso Anrufungen wie Aufrufungen. Die Erinnerung, die vom Fahrrad fällt, »begegnet Lisl, die mit dem Besen im Hof steht. Es ist Samstag gegen vier. Die Glocken läuten den Sonntag ein.«

Diese Lisl wird samt Mann Fritz und ohne ihn noch oft und oft auf- oder angerufen. Es handelt sich ja um eine Kuhdorfwelt, in der das Hauptwort von anrufen noch ganz telefonfremd Anrufung heißt. So entsteht Pathos, aber kein bißchen Schwulst.

Lakonisches Pathos. Kein bißchen Land- und Hinterlandromantik. Als ICH dann in Meßkirch ins Gymnasium geht, heißen die Mädchen alle schon Lizzy und Jane, es war die Zeit, »als die Lizzies schon APO-Groupies und noch *Bravo*-Leserinnen waren«. Der Turnlehrer war »... kein Nazi, sondern nur der Sohn eines Nazis, und das ist, nach allem, was ich weiß und wissen kann, das Allerschlimmste«.

Schmerz und Erinnerung sind die Dirigenten, die die Auferstehung der Kindheit in Prosa besorgen. Nicht noch eine Theorie oder Ideologie der verlorenen und per Kunst wiedergefundenen Zeit, sondern das, was der Schmerz kann: Vergegenwärtigung. Kindheit an sich und die Umstände und Wirkungen ihres Verschwindens. »Eine aus mehreren Gründen vergangene Welt. Einmal, weil so und so viel Zeit vergangen ist. Und dann, was mit der Zeit kam.«

Was mit der Zeit kam, ist dann dieser Art: »Ernstle bekam Geld vom Straßenbauamt, damit er sein Fachwerkhaus abreißen ließ. Es stand, vom Straßenbauamt aus gesehen, in einer Kurve.« Oder, wenn es im dörflichen Friedhof um die letzten zwei Engel geht, noch etwas härter: »Man soll sie stehen lassen, meinte das Komitee von ›Unser Dorf soll schöner werden‹.«

Heidegger, der ja aus Meßkirch stammt, geistert sozusagen durch das ganze Buch. Durch alle drei Bücher sogar. Als der Erzähler 15 ist und, weil er nicht gern turnt und gegen die Bundeswehr ist, als Philosoph gilt, kommt Heidegger nach Meßkirch, seinen 80. Geburtstag zu feiern, kommt in die Stadthalle, »wo sonst die Körungen des berühmten Meßkircher Höhenfleckviehs stattfanden«.

Unter den Heidegger-Sätzen, die der 15jährige, der schon Gedichte schreibt, aufschnappt und zu Hause notiert, heißt einer: »Der Schmerz ist der Grundriß des Seins.« Aber ihm fällt auf: »Heidegger sprach selbst von der Heimat auf Hochdeutsch zu den anwesenden Landsleuten.« Während Stadler, wenn er Lisl, Fritz und anderen das Wort erteilt, unverminderte Mundart schafft. Geischd obaachd, ruft Lisl, kurz bevor sie stirbt, dem Steinmetz nach, bei dem sie für ihr Grab einen Engel bestellt hat, obwohl der Steinmetz gar kein Steinmetz mehr ist, sondern ein Grabsteinlieferer, in dessen Bestellkatalog – Triumph der Moderne – kein Engel mehr geführt wird.

Die Fähigkeit zur Kürze und die dadurch mögliche Härte der Fügung – das sind Bedingungen des Stadler-Tons. Jeder kurze Satz eine Sache. Eine Hauptsache. Eine Hauptsatzsache. Nur Sachen, die tausendmal passiert sein müssen, daß sie so einmalig Sprache werden konnten. »Im Waldweiher lerne ich schwimmen. Andrea stößt mich ins Wasser. Es stellt sich heraus, daß ich jetzt schwimmen kann. Ich komme aus dem Wasser. Andrea wirft mich zu Boden. Andrea möchte mich versohlen. Es stellt sich heraus, daß Andrea mich liebt. Ich höre mein Herz schlagen.« Und wenn er auf seinem

Handtuch liegt, stellt sich heraus: »Das Gras wird nachts nicht naß im Juli.«

Auf der Schlußstrecke von »Ich war einmal« heißen drei Kapitel nacheinander so: »Kindstaufe«, »Namen nehmen«, »Große Namen«. Aber das ICH bringt es zu keinem Nachnamen. Erst im Feuerland-Buch kommt sein Name heraus. Die patagonischen Verwandten schleppen ihn schon am ersten Tag zum Grab des kurz vor seiner Ankunft gestorbenen Onkels. Friedhof ist aber auch eine Hauptsache des ersten Buches. Die patagonischen Verwandten können nicht mehr Deutsch, aber »unser Friedhof« können sie noch sagen. Es liegen auf diesem Friedhof nur Verwandte. Der Friedhof erinnert an den zu Hause, »den Heimatfriedhof, die Mutter aller Friedhöfe«.

»Es war seltsam, da oben meinen Namen zu lesen.« Als er zum letzten Mal mit seiner Cousine Rosa schläft – was immer auf dem Friedhof oder in einer prähistorische Figuren zeigenden Höhle stattfindet –, verrät er ihr, die auch nicht mehr Deutsch kann, was es mit seinem und ihrem Namen auf sich hat, er übersetzt es ihr: »Du heißt Rosa, Rosa Schwanz heißt du, nach deinem Vater, einem Schwanz wie ich.« Seine Ururgroßmutter »konnte es sich aufgrund ihres Erbes ... leisten, einen schönen Mann« »herauszufischen«, das war ein Müllersknecht aus der Gegend von Schwaz in Tirol; durch ein Behördenversehen wurde daraus Schwanz.

Dieser Namensgebung erschreibt der Autor eine Art Selbstverständlichkeit. Was bis zum Ende des Ersten Weltkriegs Nueva Alemania hieß, heißt seitdem Pico Grande. Auch das, bürgerlich gesprochen, eine Anzüglichkeit. Dagegen schreibt er an. Eine Sprache, die christliche Verbogenheit und bürgerliche Verlogenheit nicht einfach überspringt, sondern aufnimmt und austrägt. Hineingeboren in eine ebenso christlich verbogene wie bürgerlich verlogene Sprache und von aller bis dahin geschriebenen Literatur im Stich gelassen, muß er sehen, wo er bleibt.

So erlebt jede Generation aufs neue ihren Ausdrucksbedarf. Was überliefert wird, ist, wenn es um das Wichtigste geht, immer ein alter Hut. Peter Handke hat sein Erscheinen in der deutschen Sprache jahrelang genußvoll zelebriert mit einer nicht aufhören könnenden Steigerung der Ausdrucksgenauigkeit. Jahrelang hat er alles Stoffliche geradezu herabgewürdigt zum Demonstrationsmaterial für seine Ausdrucksetüden. Die waren dann auch spannend genug. So entstand der Handke-Ton.

Am elendesten ist unsere Sprache immer noch, wenn Geschlechtliches auszudrücken ist. Ich glaube nicht, daß es generell schon hilfreich ist, wenn einer wie Henry Miller demonstrativ ungeniert im Sexualwortschatz herumturnt und so tut, als gäbe es gar keine Probleme. Und was den bloßen Wortgebrauch angeht, so beweisen heute Schülerzeitungen, daß sie derartige Literatur als Schrittmacherin nicht mehr brauchen. Viele führen sich jetzt sehr emanzipiert auf. Wer aber die Bücher von Uwe Timm, Hermann Kinder, Joseph von Westphalen und Arnold Stadler liest, sieht zumindest, daß es literarische Antworten gibt auf diesen immerwährenden Mangel, die seriöser und vielleicht hilfreicher sind – sie tun nicht mehr so, als sei da kein Problem.

Ich verstehe auf jeden Fall die Wut, mit der Hermann Kinder das Geschlechtliche dekliniert, und ich bin dankbar für die siebenmal gebrochene und immer noch lebendige Frechheit, mit der Joseph von Westphalen das Sexualwortfeld zerpflügt. Und ich fühle mich gefühlssynchron mit Arnold Stadler, wenn er diese Ausdrucksnot als solche zur Sprache bringt.

Was passiert denn da andauernd, daß Philipp Otto Runge schließlich Egon Schiele heißt? Und damit hört es ja nicht auf. Jetzt heißt er Horst Janssen. Kommen wir dadurch einer Sache näher? Unserer menschlichen Verfassung vielleicht? Oder sind alle Bewegungen im Ausdrucksbereich nur kreisläufige Illusion? Das möchte ich lieber nicht glauben. Ich sehe doch eine Ausdrucksbewegung in eine erwünschte Richtung, wenn ich im Feuerland-Buch lese: »Richtig gelacht wurde aber erst, als zum ersten Mal das Wort *ficken* fiel. Ein aufgekratztes, Empörung spielendes Gelächter auf der Frauenseite ... Rosa beobachtete mich, während sie am lautesten mitlachte. Doch ich konnte darüber nicht lachen, ich war elektrisiert. Meine Ekstasen waren nie mit einem Gelächter verbunden.«

Das kommt mir vor wie Vermittlungsarbeit. Und weil zum Stadler-Ton nicht nur die poetische Maßnahme gehört, sondern auch der Schrei, deshalb heißt, glaube ich, das Ich Schwanz. Im dritten Buch geht er mit diesem Namen um wie Proust mit dem der Guermantes.

Er will nicht bei der »Schwanz-Saga«, nicht beim »Schwanz-Mythos« enden. Er fängt lieber wieder bei dem Kind an, das schon im ersten Buch am Schmerzensfreitag geboren wurde. Er läßt es jetzt in Gefahr geraten durch eine pikarisch anmutende Intrige der Schwackenreuter Verwandtschaft gegen ihn, als er noch in der Mutter schwamm. »Und darauf, auf diesen Schrecken, führe ich meine Muttermale und überhaupt alles, angefangen mit dem In-die-Hose-Machen als meinem In-der-Welt-Sein (sage ich mit Heidegger) zurück ... Mit zehn war ich noch nicht stubenrein!«

Aber schon mit sieben sagte er, daß er Papst werden wolle. Schon der Cousine Rosa in Patagonien hatte er erzählt, daß er, als er kein Kind mehr war, aber noch eins sein wollte, einen Plan ausarbeitete zur Bekehrung Mao Tse-tungs.

Jetzt, im dritten Buch, wird hauptsächlich die Einsamkeit dieses gerade noch mit dem Schrecken und Muttermalen davongekommenen Kindes erzählt. Verglichen mit diesem Einsamkeitsgrad, nehmen sich auch die härtesten Fügungen in den zwei anderen Büchern fast traulich aus.

Das ist das Nacheinander dieser drei Bücher: die Entfaltung des Schreibens. »Unsere Heimat war immer schwarz, auch im Sommer, wenn es blühte. Auch die Erwachsenen waren so. Doch sie wissen sich zu helfen, können es wenigstens versuchen, sie haben den Most, der Himbeergeist tröstet sie. Auch können sie ihr Leben verfluchen und ihm ein Ende machen. Was aber tut ein Kind, was fängt es mit seiner Schwermut an, wenn es noch nicht einmal *Mutter* sagen kann?«

Und als er dann sprechen konnte? »Von wegen Muttersprache. Meine erste Sprache, die Sprache meiner Mutter, war ja meine erste Fremdsprache.« Das ist eine Antwort auf Heidegger, der seinen Vetter, den Viehhändler Naze, beauftragt hat, auf den Höfen die ältesten Wörter zu sammeln, »das Ur-Alte, Heile-Welt-Wörter, das Habermus«. Der Philosoph, »der ja nie auf dem Lande lebte, immer nur zu Besuch kam«, sagt, »wir seien noch gesund«.

Dem widerspricht der Erzähler. Sein Befund: krank. Die Muttersprache ausgestorben wie die Indianer. Sein Befund: »Sprachlosigkeit«. »Kein Wort für *Liebe* in meiner Sprache...« Dann – zur Steigerung seiner Einsamkeit – drei Todesfälle: Caro, sein Hund, durch ein Auto, und zwar vor seinen »Kinderaugen«; Gigi, seine Katze, durch ein Auto; Frederic, seine Sau, durch einen Onkel, einen von der widrigen Schwackenreuter Seite (Le côté de Schwackenreute), Mostonkel genannt; einer, der mit offenem Hosenladen in die Totenmesse kommt, trotzdem: eine große Bauerngestalt, kein bißchen denunziert; ein rotes Mostgesicht, ein Wortschatz von hundert Wörtern, nebenher Metzger. »Als ich nach Hause kam, hieß es, die Nachtfrau habe Frederic geholt.«

Inzwischen weiß er: »Man hat mir Frederic damals auch noch auf den Tisch gestellt, als Wurstsuppe...« Und Frederic war nach Gigi und nach Caro sein liebster Freund gewesen.

Damals müsse er den Verstand verloren haben, »denn unmittelbar darauf begann ich zu dichten«. Aber »dieser gehäufte Tod war wohl auch der Grund für mein späteres Theologiestudium«.

So kommt er aus der Gegend der steinigen Äcker – »Das

Frühjahr war so spät bei uns, daß es immer erst im nächsten Jahr blühte« – nach Rom, wohnt auf dem Aventin, mit Blick über die Stadt, wird von Monsignore Franz Sales Obernosterer, Titularbischof, Mesner des Papstes und Kardinalsanwärter, ins geistlich-gesellige Leben Roms eingeführt, wird eingeladen nach San Isidoro, »eine der feinsten Adressen für geistliche Vespern«, und ins L'eau vive, wo die hohen geistlichen Herren speisen und nur von Nonnen, vorzüglich indischen, bedient werden. Als Seminarist des Päpstlichen Collegiums trägt er ein purpurnes Oberteil und unten schwarz, hört Uneingeweihte hinter sich hersagen: »So jung und schon Kardinal.«

Und wie er das genießt! Als Fastnochkind wollte er Mao Tse-tung bekehren, jetzt will er, zusammen mit seinem Monsignore Franz Sales, die englische Königin entführen und dazu zwingen, daß sie auf den Titel Defensor fidei verzichte. Die Schlußuntersuchung durch den Jesuiten-Arzt besteht er nicht, eine eher harmlose Ohnmacht wird als Epilepsie gewertet, er muß zurück nach Deutschland. Aber er meidet eben die abstürzende Air-Congo-Maschine.

So kann er als Grabredner in Freiburg kümmerlich existieren und kann sogar an seinem 40. Geburtstag aus einem Versteck im Dachboden über dem Saustall die Versteigerung des Hofes so vieler Vorfahren miterleben. Seit 1609 hatten sie hier gelebt.

Aus der vatikanisch-kultivierten, fast liebenswürdig grotesken Geselligkeit in die Einsamkeit, »die Einsamkeit, deren wahren Namen wir nicht kennen«. Im Supermarkt kauft er zwei Schnitzel, um vorzutäuschen, er lebe nicht allein. Und er ißt beide Schnitzel, weil er auch sich selbst täuschen will, muß. »Dann sitze ich wieder auf meinem Bett, fast neben mir, neben meiner Einsamkeit. Da finde ich mich in einem Gedicht wieder...«

Den Schluß findet er mit Hilfe des Dichters, der schon seit dem Feuerland-Buch durch die Seiten geistert: Adalbert Stifter. Der bringt Licht in sein Leben, »dunkles Licht«: »Ich hatte einen Selbstmörder als Lebenshilfe.«

Drei Stadien einer Ausdrucksentfaltung also. Vom Nennen und Feiern zum Erzählen als Selbstrettung. Viel härter kann ein Leben nicht verlaufen als das so erzählte.

Aber nirgends empfinde ich das hier erzählte Leben als Misere. Der Ausdruck läßt nichts Stoffliches als solches übrig. Auch im elendesten Augenblick erlebt man zuerst und vor allem die Ausdruckskraft des heute 40jährigen Autors. Das heißt, es ist immer alles trotzdem schön. Das Trotzdemschöne zeigt, woraus es ist, was es gekostet hat.

Auf keiner Seite regiert der schwarze Mutwillen eines Autors, der Welt und Länder und Menschen einfach zum Unglücksfall der Zell- oder Seinsgeschichte macht und sich selber glorios ausnimmt. Wenn mir ein Buch gefällt, denke ich beim Lesen öfter, daß ich das gern geschrieben hätte. Tatsächlich ist das doch von Anfang an die wichtigste und schönste Wirkung eines Buches, daß wir beim Lesen empfinden, wir läsen gar nicht mehr in einem anderen Leben, sondern im eigenen.

Martin Walser

suhrkamp taschenbücher
Eine Auswahl

Adorno: Erziehung zur Mündigkeit. st 11
Aitmatow: Dshamilja. st 1579
Alain: Die Pflicht, glücklich zu sein. st 859
Allende: Eva Luna. st 1897
– Das Geisterhaus. st 1676
– Die Geschichten der Eva Luna. st 2193
– Von Liebe und Schatten. st 1735
The Best of H.C. Artmann. st 275
Augustin: Der amerikanische Traum. st 1840
Bachmann: Malina. st 641
Bahlow: Deutsches Namenlexikon. st 65
Ball: Hermann Hesse. st 385
Barnes: Nachtgewächs. st 2195
Barnet: Ein Kubaner in New York. st 1978
Barthes: Fragmente einer Sprache der Liebe. st 1586
Becker, Jürgen: Gedichte. st 690
Becker, Jurek: Bronsteins Kinder. st 1517
– Jakob der Lügner. st 774
Beckett: Endspiel. st 171
– Malone stirbt. st 407
– Molloy. st 229
– Warten auf Godot. st 1
– Watt. st 46
Beig: Hochzeitslose. st 1163
– Rabenkrächzen. Eine Chronik aus Oberschwaben. st 911
Benjamin: Angelus Novus. st 1512
– Illuminationen. st 345
Berkéwicz: Adam. st 1664

Berkéwicz: Josef stirbt. st 1125
– Maria, Maria. st 1809
Bernhard: Alte Meister. st 1553
– Auslöschung. Ein Zerfall. st 1563
– Beton. st 1488
– Claus Peymann kauft sich eine Hose und geht mit mir essen. st 2222
– Gesammelte Gedichte. st 2262
– Holzfällen. st 1523
– Stücke 1-4. st 1524, 1534, 1544, 1554
– Der Untergeher. st 1497
– Verstörung. st 1480
Blackwood: Der Tanz in den Tod. st 848
Blatter: Das blaue Haus. st 2141
– Wassermann. st 1597
Brasch: Der schöne 27. September. st 903
Braun, Volker: Gedichte. st 499
– Hinze-Kunze-Roman. st 1538
Brecht: Dreigroschenroman. st 1846
– Gedichte über die Liebe. st 1001
– Geschichten vom Herrn Keuner. st 16
– Hauspostille. st 2152
Bertolt Brechts Dreigroschenbuch. st 87
Broch: Die Verzauberung. st 350
– Die Schuldlosen. st 209
Buch: Die Hochzeit von Port-au-Prince. st 1260
– Tropische Früchte. st 2231
Burger: Der Schuß auf die Kanzel. st 1823
Cabrera Infante: Drei traurige Tiger. st 1714

suhrkamp taschenbücher
Eine Auswahl

Capote: Die Grasharfe. st 1796
Carpentier: Explosion in der Kathedrale. st 370
– Die Harfe und der Schatten. st 1024
Carroll: Schlaf in den Flammen. st 1742
Celan: Gesammelte Werke in fünf Bänden. st 1331/1332
Cioran: Syllogismen der Bitterkeit (1952). st 607
Clarín: Die Präsidentin. st 1390
Cortázar: Bestiarium. st 543
– Die Gewinner. st 1761
– Ein gewisser Lukas. st 1937
– Rayuela. st 1462
Dalos: Die Beschneidung. st 2166
Dorst: Merlin oder Das wüste Land. st 1076
Duerr: Sedna oder die Liebe zum Leben. st 1710
Duras: Hiroshima mon amour. st 112
– Der Liebhaber. st 1629
– Der Matrose von Gibraltar. st 1847
– Sommerregen. st 2284
Eich: Fünfzehn Hörspiele. st 120
Eliade: Auf der Mântuleasa-Straße. st 1826
Elias: Mozart. st 2198
– Über den Prozeß der Zivilisation. Soziogenetische und psychogenetische Untersuchungen. st 2259
Enzensberger: Ach Europa! st 1690
– Gedichte. st 1360
– Mittelmaß und Wahn. st 1800

Enzensberger: Zukunftsmusik. st 2223
Federspiel: Geographie der Lust. st 1895
– Die Liebe ist eine Himmelsmacht. st 1529
Feldenkrais: Abenteuer im Dschungel des Gehirns. st 663
– Bewußtheit durch Bewegung. st 429
– Die Entdeckung des Selbstverständlichen. st 1440
– Das starke Selbst. st 1957
Fleißer: Abenteuer aus dem Englischen Garten. st 925
– Eine Zierde für den Verein. st 294
Frisch: Gesammelte Werke in zeitlicher Folge. 7 Bde. st 1401-1407
– Andorra. st 277
– Homo faber. st 354
– Mein Name sei Gantenbein. st 286
– Montauk. st 700
– Stiller. st 105
– Der Traum des Apothekers von Locarno. st 2170
Fromm / Suzuki / Martino: Zen-Buddhismus und Psychoanalyse. st 37
Fuentes: Nichts als das Leben. st 343
Gandhi: Mein Leben. st 953
García Lorca: Dichtung vom Cante Jondo. st 1007
Goetz: Irre. st 1224
Gulyga: Immanuel Kant. st 1093
Handke: Die Angst des Tormanns beim Elfmeter. st 27

suhrkamp taschenbücher
Eine Auswahl

Handke: Der Chinese des Schmerzes. st 1339
- Der Hausierer. st 1959
- Kindergeschichte. st 1071
- Langsame Heimkehr. Tetralogie. st 1069-1072
- Die linkshändige Frau. st 560
- Die Stunde der wahren Empfindung. st 452
- Versuch über den geglückten Tag. st 2282
- Versuch über die Jukebox. st 2208
- Versuch über die Müdigkeit. st 2146
- Wunschloses Unglück. st 146

Hesse: Gesammelte Werke. 12 Bde. st 1600
- Demian. st 206
- Das Glasperlenspiel. st 79
- Klein und Wagner. st 116
- Klingsors letzter Sommer. st 1195
- Knulp. st 1571
- Die Morgenlandfahrt. st 750
- Narziß und Goldmund. st 274
- Die Nürnberger Reise. st 227
- Peter Camenzind. st 161
- Schön ist die Jugend. st 1380
- Siddhartha. st 182
- Der Steppenwolf. st 175
- Unterm Rad. st 52
- Der vierte Lebenslauf Josef Knechts. st 1261

Hettche: Ludwig muß sterben. st 1949

Hildesheimer: Marbot. st 1009
- Mitteilungen an Max über den Stand der Dinge. st 1276
- Tynset. st 1968

Hohl: Die Notizen. st 1000

Horváth: Gesammelte Werke. 15 Bde. st 1051-1065
- Jugend ohne Gott. st 1063

Hrabal: Ich habe den englischen König bedient. st 1754
- Das Städtchen am Wasser. st 1613-1615
- Tanzstunden für Erwachsene und Fortgeschrittene. st 2264

Hürlimann: Die Tessinerin. st 985

Inoue: Die Eiswand. st 551
- Der Stierkampf. st 944

Johnson: Das dritte Buch über Achim. st 169
- Mutmassungen über Jakob. st 147
- Eine Reise nach Klagenfurt. st 235

Jonas: Das Prinzip Verantwortung. st 1085

Joyce: Anna Livia Plurabelle. st 751

Kaminski: Flimmergeschichten. st 2164
- Kiebitz. st 1807
- Nächstes Jahr in Jerusalem. st 1519

Kaschnitz: Liebesgeschichten. st 1292

Kiefer: Über Räume und Völker. st 1805

Kirchhoff: Infanta. st 1872
- Mexikanische Novelle. st 1367

Koch: See-Leben. st 783

Koeppen: Gesammelte Werke in 6 Bänden. st 1774
- Jakob Littners Aufzeichnungen aus einem Erdloch. st 2267

suhrkamp taschenbücher
Eine Auswahl

Koeppen: Tauben im Gras. st 601
- Der Tod in Rom. st 241
- Das Treibhaus. st 78

Konrád: Der Komplize. st 1220
- Melinda und Dragoman. st 2257

Kracauer: Die Angestellten. st 13
- Kino. st 126

Kraus: Schriften in 20 Bänden. st 1311-1320, st 1323-1330
- Die letzten Tage der Menschheit. st 1320
- Literatur und Lüge. st 1313
- Sittlichkeit und Kriminalität. st 1311

Karl-Kraus-Lesebuch. st 1435

Kundera: Abschiedswalzer. st 1815
- Das Buch vom Lachen und vom Vergessen. st 2288
- Das Leben ist anderswo. st 1950

Laederach: Laederachs 69 Arten den Blues zu spielen. st 1446

Least Heat Moon: Blue Highways. st 1621

Lem: Die Astronauten. st 441
- Frieden auf Erden. st 1574
- Der futurologische Kongreß. st 534
- Das Katastrophenprinzip. st 999
- Lokaltermin. st 1455
- Robotermärchen. st 856
- Sterntagebücher. st 459
- Waffensysteme des 21. Jahrhunderts. st 998

Lenz, Hermann: Die Augen eines Dieners. st 348

Leutenegger: Ninive. st 685

Lezama Lima: Paradiso. st 1005

Lovecraft: Berge des Wahnsinns. st 1780
- Der Fall Charles Dexter Ward. st 1782
- Stadt ohne Namen. st 694

Mastretta: Mexikanischer Tango. st 1787

Mayer: Außenseiter. st 736
- Ein Deutscher auf Widerruf. Bd. 1. st 1500
- Ein Deutscher auf Widerruf. d. 2. st 1501
- Georg Büchner und seine Zeit. st 58
- Thomas Mann. st 1047
- Der Turm von Babel. st 2174

Mayröcker: Ausgewählte Gedichte. st 1302

Meyer, E. Y.: In Trubschachen. st 501

Miller: Am Anfang war Erziehung. st 951

Das Drama des begabten Kindes. st 950
- Du sollst nicht merken. st 952

Morshäuser: Die Berliner Simulation. st 1293

Moser: Grammatik der Gefühle. st 897
- Körpertherapeutische Phantasien. st 1896
- Lehrjahre auf der Couch. st 352
- Vorsicht Berührung. st 2144

Muschg: Albissers Grund. st 334
- Fremdkörper. st 964
- Im Sommer des Hasen. st 263
- Das Licht und der Schlüssel. st 1560

suhrkamp taschenbücher
Eine Auswahl

Museum der modernen Poesie.
st 476
Neruda: Liebesbriefe an Albertina Rosa. st 829
Nizon: Im Bauch des Wals.
st 1900
Nooteboom: In den niederländischen Bergen. st 2253
– Mokusei! Eine Liebesgeschichte. st 2209
O'Brien: Der dritte Polizist.
st 1810
Onetti: So traurig wie sie.
st 1601
Oz: Bericht zur Lage des Staates Israel. st 2192
– Black Box. st 1898
– Eine Frau erkennen. st 2206
– Der perfekte Frieden. st 1747
Paz: Essays. 2 Bde. st 1036
– Gedichte. st 1832
Penzoldt: Idolino. st 1961
Percy: Der Idiot des Südens.
st 1531
Plenzdorf: Legende vom Glück ohne Ende. st 722
– Die neuen Leiden des jungen W. st 300
Poniatowska: Stark ist das Schweigen. st 1438
Praetorius: Reisebuch für den Menschenfeind. st 2203
Proust: Auf der Suche nach der verlorenen Zeit. 10 Bde. st
Puig: Der Kuß der Spinnenfrau. st 869
– Der schönste Tango der Welt.
st 474
Ribeiro: Brasilien, Brasilien.
st 1835

Rochefort: Zum Glück gehts dem Sommer entgegen. st 523
Rodoreda: Auf der Plaça del Diamant. st 977
Rothmann: Stier. st 2255
Rubinstein: Nichts zu verlieren und dennoch Angst. st 2230
Russell: Eroberung des Glücks.
st 389
Sanzara: Das verlorene Kind.
st 910
Semprún: Die große Reise.
st 744
– Was für ein schöner Sonntag.
st 972
Sloterdijk: Der Zauberbaum.
st 1445
Späth: Stilles Gelände am See.
st 2289
Sternberger: Drei Wurzeln der Politik. st 1032
Strugatzki / Strugatzki: Die häßlichen Schwäne. st 1275
– Eine Milliarde Jahre vor dem Weltuntergang. st 1338
Tendrjakow: Die Abrechnung.
st 965
Unseld: Der Autor und sein Verleger. st 1204
– Begegnungen mit Hermann Hesse. st 218
Vargas Llosa: Der Geschichtenerzähler. st 1982
– Der Hauptmann und sein Frauenbataillon. st 959
– Der Krieg am Ende der Welt.
st 1343
– Lob der Stiefmutter. st 2200
– Tante Julia und der Kunstschreiber. st 1520

suhrkamp taschenbücher
Eine Auswahl

Vargas Llosa: Wer hat Palomino Molero umgebracht? 1786
Walser, Martin: Die Anselm Kristlein Trilogie (Halbzeit, Das Einhorn, Der Sturz). st 684
– Brandung. st 1374
– Ehen in Philippsburg. st 1209
– Ein fliehendes Pferd. st 600
– Jagd. st 1785
– Jenseits der Liebe. st 525
– Liebeserklärungen. st 1259
– Lügengeschichten. st 1736
– Das Schwanenhaus. st 800
– Seelenarbeit. st 901
– Die Verteidigung der Kindheit. st 2252

Walser, Robert: Der Gehülfe. st 1110
– Geschwister Tanner. st 1109
– Jakob von Gunten. st 1111
– Der Räuber. st 1112
Watts: Der Lauf des Wassers. st 878
– Vom Geist des Zen. st 1288
Weber-Kellermann: Die deutsche Familie. st 185
Weiß, Ernst: Der Augenzeuge. st 797
Weiss, Peter: Das Duell. st 41
Winkler: Friedhof der bitteren Orangen. st 2171
Zeemann: Einübung in Katastrophen. st 565
Zweig: Brasilien. st 984

Martin Walser
im Suhrkamp Verlag und
im Insel Verlag

Werke in zwölf Bänden. Herausgegeben von Helmut Kiesel in Zusammenarbeit mit Frank Barsch. Leinen in Kassette

Einzelausgaben
Die Anselm Kristlein Trilogie. Halbzeit. Das Einhorn. Der Sturz. 3 Bände in Kassette. st 684
Ansichten, Einsichten. Leinen
Auskunft. 23 Gespräche aus 26 Jahren. Herausgegeben von Klaus Siblewski. Erstausgabe. st 1871
Beschreibung einer Form. Versuch über Kafka. st 1891
Brandung. Roman. Leinen und st 1374
Brief an Lord Liszt. Roman. Engl. Broschur
Deutsche Sorgen. st 2658
Dorle und Wolf. Eine Novelle. Engl. Broschur und st 1700
Ehen in Philippsburg. Roman. BS 527 und st 1209
Eiche und Angora. Eine deutsche Chronik. es 16
Das Einhorn. Roman. st 159
Fingerübungen eines Mörders. Zwölf Geschichten. st 2324
Finks Krieg. Roman. Leinen
Ein fliehendes Pferd. Novelle. BS 819 und st 600
Ein fliehendes Pferd. Theaterstück. Mitarbeit Ulrich Khuon. es 1383
Ein Flugzeug über dem Haus. Und andere Geschichten. st 612
Die Gallistl'sche Krankheit. Roman. es 689
Gesammelte Geschichten. BS 900
Geständnis auf Raten. es 1374
Halbzeit. Roman. Leinen, st 94 (2 Bde.) und st 2657
Heilige Brocken. Aufsätze, Prosa, Gedichte. st 1528
Heimatkunde. Aufsätze und Reden. es 3315
In Goethes Hand. Szenen aus dem 19. Jahrhundert. Kartoniert
Jagd. Roman. Leinen und st 1785
Jenseits der Liebe. Roman. st 525
Kaschmir in Parching. Szenen aus der Gegenwart. Gebunden
Ein Kinderspiel. Stück in zwei Akten. es 400
Leseerfahrungen, Liebeserklärungen. Leinen
Liebeserklärungen. Leinen, st 1259 und it 1641
Lügengeschichten. st 1736
Martin Walser liest »Die Verteidigung der Kindheit«. Tonband-Kassette. 45 Minuten

Martin Walser
im Suhrkamp Verlag und
im Insel Verlag

Meßmers Gedanken. Leinen, BS 946 und st 2140
»Mit der Schwere spielen«. Ein Brevier. Ausgewählt von Hans Christian Kosler. Gebunden und st 2659
Ohne einander. Roman. Leinen, BS 1181 und st 2574
Die Ohrfeige. st 1457
Das Sauspiel. Szenen aus dem 16. Jahrhundert. Kartoniert
Das Schwanenhaus. Roman. Leinen und st 800
Seelenarbeit. Roman. Leinen, st 901 und st 2615
Selbstbewußtsein und Ironie. Frankfurter Vorlesungen. BS 1222
Das Sofa. Eine Farce. Engl. Broschur
Stücke. st 1309
Der Sturz. Roman. Leinen und st 322
Über Deutschland reden. es 1553
Umgang mit Hölderlin. Zwei Reden. IB 1176
Die Verteidigung der Kindheit. Roman. Leinen und st 2252
Vormittag eines Schriftstellers. Leinen und st 2510
Wer kennt sich schon. st 2453
Die Amerikareise. Versuch, ein Gefühl zu verstehen. Mit 51 farbigen Bildern von André Ficus. it 1243
Heimatlob. Ein Bodensee-Buch. it 645

Reden und Essays
Mein Schiller. Rede bei der Entgegennahme des Schiller-Gedächtnispreises 1981. Schallplatte
Jonathan Swift: Betrachtungen über einen Besenstiel. Ein Lesebuch zum 250. Todestag. Mit einem Essay von Martin Walser. Zusammengestellt von Norbert Kohl. it 1767
Der Unerbittlichkeitsstil. Rede zum 100. Geburtstag von Robert Walser. Schallplatte
Wie und wovon handelt Literatur. Aufsätze und Reden. es 642

Editionen, Nachworte
Maria Beig: Hochzeitslose. Roman. Mit einem Nachwort von Martin Walser. st 1163
Maria Beig: Rabenkrächzen. Eine Chronik aus Oberschwaben. Roman. Mit einem Nachwort von Martin Walser. st 911
Franz Kafka: Er. Prosa. Auswahl und Nachwort von Martin Walser. BS 97

Martin Walser
im Suhrkamp Verlag und
im Insel Verlag

Editionen, Nachworte
Lektüre zwischen den Jahren. Kennst Du Dich selbst? Ausgewählt von Martin Walser. Kartoniert
Arnold Stadler: Mein Hund, meine Sau, mein Leben. Roman. Mit einem Nachwort von Martin Walser. st 2575

Übersetzungen
Molière: Der eingebildete Kranke. Aus dem Französischen von Johanna Walser und Martin Walser. it 1014
Bernard Shaw: Band 1: Die Häuser des Herrn Sartorius. Komödie in drei Akten. / Frau Warrens Beruf. Stück in vier Akten. Deutsch von Harald Mueller und Martin Walser. st 1850
– Band 9: Falsch verbunden. Komödie in drei Akten. Deutsche Erstausgabe in der Übersetzung von Alissa Walser und Martin Walser. Mit der Vorrede des Autors »Eltern und Kinder«. st 1858
– Frau Warrens Beruf. Stück in vier Akten. Aus dem Englischen von Martin Walser. BS 918
Sophokles: Antigone. Übersetzt von Hölderlin. Bearbeitet von Martin Walser und Edgar Selge. it 1248